SHADOW MAN
by Cody McFadyen
translation by Migiwa Nagashima

傷痕《きずあと》 上

コーディ・マクファディン

長島水際［訳］

ヴィレッジブックス

選ぶ人の少ない道を進むよう励ましてくれた両親に。
父親になるという贈り物をあたえてくれた娘に。
揺るぎない信頼、果てしない触発、永遠の愛をくれた妻に。

謝　辞

編集上のアドバイスをあたえ、絶えず励ましてくれたダイアン・オコンネルに、編集上の貴重なアドバイスをしてくれたフレデリカ・フリードマンに、わたしのために編集の力添えをはじめ、ありとあらゆる面で根気強く労をとってくれたライザとハヴィス・ドーソンに、バンタム社の担当編集者ビル・マッセイに、ホッダー社の担当編集者ニック・セイヤーズに、つねに有能な国外担当者のチャンドラー・クロフォードに、執筆したいという欲求を支援してくれた妻と家族と友人たちに、心からありがとうと申しあげたい。最後に、『小説作法』の著者スティーヴン・キングに特別の感謝を捧げる。影響をうけ、おかげで執筆を考えているだけだったのが、実際に書くことになった。

目次

傷痕

SHADOW MAN

上

おもな登場人物

スモーキー・バレット	FBIロサンゼルス支局国立暴力犯罪分析センター(NCAVC)の主任。小柄な体に優秀な頭脳と不屈の魂を秘める
ジャック・ジュニア	残虐を極める凶悪殺人犯
マット	殺されたスモーキーの夫
アレクサ	殺されたスモーキーの娘
アニー・キング	スモーキーのハイスクール時代からの親友
ボニー	アニーの娘。スモーキーの名づけ子
キャリー・ソーン	スモーキーの部下。美貌を誇る才女
アラン・ワシントン	スモーキーの部下。強面の下にやさしさを隠し持つ大男
ジェームズ・ギロン	スモーキーの部下。通称ダミアン。常に冷静なチームのブレーン
レオ・カーンズ	スモーキーの部下。コンピュータの専門家
ジョーンズ	FBIロサンゼルス支局副支局長。スモーキーの上司
ピーター・ヒルステッド	FBI指定の精神科医。スモーキーの担当医
ケネス・チャイルド	FBI所属のプロファイラー
エレイナ	アランの妻
ジェニファー・チャン	サンフランシスコ市警の刑事

第1部　夢と影

1

夢のひとつを見た。わたしの見る夢は三つしかない。ふたつはすばらしく、ひとつは恐ろしい。しかしどの夢も、さめたときには、きまって戦慄《せんりつ》をおぼえ孤独にさいなまれる。

今夜見たのは夫の夢だった。こんな感じだ。

夫が首筋にキスをしてくれる夢、とだけいってすませることもできる。けれども、〝うそ〟ということばのもつ本来の意味で、それではうそになる。

正直にいえば、体じゅうの細胞がうずいてほてるほど、首筋にキスをしてもらいたくてたまらなかった。そして、キスをしてくれたときの夫の唇は、わたしの真剣な祈りにこたえて天国から遣《つか》わされた天使の唇を思わせた。

わたしも彼も十七歳だった。退屈や暗闇のない時期。あるのは、情熱と激しさ、魂がこげつくほど燃えさかる炎だけだった。

薄暗い映画館で、彼は身を乗りだし（ああ、どうしよう《オー・ゴッド》！）、ほんの一瞬動きをとめた（ああ、どうしよう《オー・ゴッド》！）。わたしは断崖で震えていたのに平静を装っていた。すると——ああ、どうしよう《オー・ゴッド》、どうしよう《オー・ゴッド》、どうしよう《オー・ゴッド》！——彼が首筋にキスをしてくれた。天にものぼる心地で、その瞬間、わたしは彼と生涯をともにするにちがいないと思った。

わたしにとって、彼は赤い糸で結ばれている相手だった。世の人の大半は、一生かかっても自分の相手とめぐりあえない。赤い糸で結ばれている相手について読んだり、夢見たり、あざけったりする。でも、わたしはめぐりあえた。十七のときにめぐりあい、永遠に手放すつもりはない。わたしの腕のなかで彼が死にかけていたときも、悲鳴をあげるわたしから死が彼を引ったくっていったときも、いまこうしているときも。

近ごろの〝ああ、どうしよう《オー・ゴッド》！〟は、つらいという意味だ。ああ、どうしよう《オー・ゴッド》、どうしよう《オー・ゴッド》、どうしよう《オー・ゴッド》——彼に会いたくてたまらない。

十七歳のほてった肌に彼の口づけの名残《なごり》を感じて目をさまし、自分が十七ではなく、彼が年をとらなくなっていることに気づいた。死が時間をとめ、彼が永遠に三十五歳のままでいるようにしたのだ。わたしにとって、彼はいつも十七歳のまま。いつも身を乗りだし、あのすばらしいひとときと同じように、わたしの首筋に唇を軽くあてている。

腕を伸ばし、彼が横たわっているはずの場所にふれたとたん、激痛が走って全身をつらぬき、わたしは震えながら祈りをささげた。どうか死なせてください。痛みから解放してください。でも当然のことながら、わたしは呼吸しつづけ、痛みはやわらいでいった。

彼のいた生活がなつかしい。楽しい思い出ばかりではない。彼の長所だけでなく、短所も恋しくてたまらない。いらいらすることはあったし、かっとなることもあった。わたしが腹を立てたときに見せる、親が子をなだめすかすような表情。彼はしじゅう車のガソリンを入れ忘れる人で、わたしが出かけようとするとたいていガス欠寸前になっていた。頭にきたけれど、それだってなつかしい。

愛する人を失うと、どんな気持ちになる？　いくら想像力を働かせて考えたところで、失うまではぜったいにわからないだろう。じっさいに失ってみると、花やキスだけでなく、経験をまるごと恋しく思うようになる。数々の失敗やちょっとした意地悪も、夜中に抱きしめてもらったことと同じように、つらいくらい恋しくなる。いまもそばにいて、彼にキスをすることができたら。いまもそばにいて、彼を裏切ることができたら。どちらでもかまわない。彼がそばにいてくれさえすれば、ほんとうにどちらでもいい。

愛する人を失うと、どんな気持ちになる？　勇気を奮い起こしてそう訊いてくる人もいる。わたしはただひとこと、つらいとだけいっておく。

胸が張り裂けそうになると答えることもできる。愛する人を失ってからは、街を歩きまわるあいだも、口を閉じたままでも、声に出さなくても、毎日のように悲鳴をあげつづけると答えることもできる。夜が訪れるたびに彼の夢を見て、朝が訪れるたびに彼を失うと答えることもできる。

でも、質問する人たちの一日を台なしにする必要はない。だからわたしは、つらいとだけいっておく。たいていはそれで納得してくれる。

これも夢のひとつにすぎず、わたしは心をかき乱されながらベッドから追い立てられる。からっぽの部屋を見つめてから、鏡のほうをむく。いつのまにか鏡を憎むようになっていた。当然だという人もいる。内省の顕微鏡のもとに自分をおいて、弱点に焦点を合わせる——だれでもすることだという。美しい女性たちは、顔のしわをさがしていらだったり悩んだりしているうちにしわができてしまう。きれいな瞳や人もうらやむスタイルが自慢のティーンエイジャーたちは、髪の色が気に入らないとか鼻が大きすぎるとかいって嘆き悲しむ。他人の目線で自分にくだした評価は、災いのもとというけれど、わたしもそう思う。

でも、世の中の人びとは、鏡をのぞきこんでもわたしが目にするものを見ることはない。鏡をながめると、こんなものが見える——

額に幅一・二センチのぎざぎざの傷痕《きずあと》がひと筋。生えぎわのまんなかを起点に真下へ走り、そこからほぼ直角に左に曲がっている。左の眉はなくなり、かわりにその傷痕がある。傷はさらにこめかみを横切り、ゆるやかな曲線を描きながら頬をおりていく。つぎに鼻のほうへ勢いよく進み、鼻柱まで行って、左の小鼻を斜めに走ると、最後にもうひと伸びして、顎と首を通って鎖骨に達している。

迫力満点。横顔を右側から見れば、これといって変わったところはない。真正面から見つめないと、全貌はつかめないのだ。

だれでも一日に一回は鏡を見たり、人の目に映る自分の姿を見たりする。たいていの人は、自分がどんな顔をしているか知っている。鏡になにが映るか、人にどう見られているかわかっている。いまのわたしには、自分の思ったとおりの顔が見えない。鏡に映るのは、はずすことのできない仮面をつけて見つめかえす他人なのだ。

いましているように、裸になって鏡の前に立つと、ほかの部分も目に入る。葉巻サイズのネックレスとしかいいようのない環状の傷痕が一本、一方の鎖骨の下からもう一方の鎖骨まででついている。同様の傷痕はほかにもあり、左右の乳房を横切って胸骨と腹部を縦断し、恥毛の真上までつづいている。

葉巻サイズなのは、葉巻でつけたやけどの痕だからだ。

傷痕を無視できれば、けっこういい線いっている。わたしは小柄で、背丈は百四十八センチしかない。痩せてはいないが、引きしまった体つきをしている。夫は〝ぴちぴちした体〟と呼んでいた。わたしと結婚したのは、まず聡明で気立てがいいから、つぎに〝ひと口サイズのおっぱいとハート形のお尻〟が気に入ったからだといっていた。こげ茶色のカーリーヘアは長く豊かで、前出のお尻まで伸ばしている。

彼はその髪も大好きだった。

傷痕を無視するのはむずかしい。百回は見たと思う。千回かもしれない。鏡を見るときは、いまでもその傷痕しか目に入らない。

顔や体に傷をつけたのは、わたしの夫と娘を殺した男。そのあとわたしが殺した相手だ。そんなことを考えていると、胸のなかにむなしさがどっと流れこんでくる。巨大で、暗くて、無気力な感覚で、どろどろした沼に沈みこんでいく気がする。

どうってことはない。もう慣れている。

いまのわたしの人生は、まさにそんな感じなのだ。

十分たらずしか眠っていないのに、今夜はもう眠らないとわかっていた。

数カ月前にも、ちょうどこんなふうに朝早く目をさましたことがある。午前三時半から六時のあいだ。起きているのはこの世に自分ひとりしかいないような気分になる時間だ。いつものように例の夢のひとつを見たあとで、寝なおすつもりがないのはわかっていた。

Tシャツとスウェットパンツを身につけ、ぼろぼろのスニーカーをはくと、外へ出ていった。暗がりを走って走って、体が汗みずくになり、服がぐっしょり濡れ、スニーカーに汗がたまるまで走りつづけ、それからまた走りだした。ペースを調節していなくて、呼吸が速くなっていた。早朝の空気のせいで、肺が傷ついたように痛んだ。それでもとまらなかった。スピードをあげ、脚を勢いよく動かして腕を振り、あと先見ずに全速力で走りつづけた。

路肩に寄って、街に林立するコンビニエンスストアのひとつの前で立ちどまり、咳きこみながら胃液を吐いた。ほかにも早朝ランナーがふたりいて、こちらを見てすぐに目をそらした。わたしは腰を伸ばして口をぬぐうと、ドアを押しあけて店に入っていった。

「たばこをちょうだい」息を切らしながら店主にいう。

店主は五十代の男性で、インド人のようだった。

「銘柄は？」

そう訊かれて、わたしははっとした。たばこは何年も吸っていなかった。店主の背後に並ぶたばこを見ているうちに、かつて好んで吸っていたマールボロが目にとまった。

「マールボロ。レッド」

店主は棚からたばこをとってレジを打った。その瞬間、わたしはスウェットを着ていて財布をもっていないことに気がついた。ふつうなら気まずい思いをするところだが、なぜか怒りがこみあげてきた。

「財布を忘れたの」ふてぶてしく顎をつきだしていった。たばこをよこさなかったり、恥をかかせたりしたら、承知しないといわんばかりだった。

店主はしばらくわたしを見ていた。作家が〝意味深長な沈黙〟と呼ぶ間だと思う。やがて、肩の力を抜いた。

「走ってたのかい？」と、店主は訊いた。

「そうよ——死んだ夫から走って逃げてたの。自殺するよりましよ。どう？　偉いでしょ？」

自分のことばなのに、妙な感じがした。やや大きく、喉がつまっているような声だった。ちょっと頭がおかしくなっていたのだろう。わたしは店主がたじろぐかいやな顔をするのを期待していたのに、彼はまなざしをやわらげた。それも、あわれみではなく、思いやりをこめて。店主はうなずいた。カウンターのむこうから腕を伸ばし、たばこを差しだした。

「女房はインドで亡くなったんだ。ふたりでアメリカにわたることにしていたんだが、その一週間前にね。たばこはもっていきなさい。お代は今度でいいよ」

わたしは店主を見つめたままその場に立ちつくしていた。やがてたばこを引っつかみ、涙がこぼれ落ちないうちにあわてて店を飛びだした。たばこを握りしめ、泣きながら走って家に帰った。

そのコンビニエンスストアは、わたしの通り道から少しはずれたところにあるのだが、たばこが吸いたくなったときは、いまでもかならずその店に行く。

わたしはナイトテーブルのたばこの箱を見つけると、起きあがって小さな笑みをもらし、あの店主のことを考えながら火をつけた。思いやりを切望しているときに、期待どおりの思いやりをかけてくれる赤の他人を愛するという意味で、わたしは心のどこかであの小柄な男を愛しているのだと思う。深い愛、切ない愛で、あの店主の名前を知ることはなくても、彼のことは死ぬまで忘れない。

　わたしは煙を吸いこんで肺いっぱいにためこみ、寝室の暗がりで完璧なサクランボのように赤く光るたばこの先をじっと見つめる。これが悪しきものの、油断のならないところなのだ。悪しきものとはニコチン依存症のことではない。もちろんそれもじゅうぶんに悪いものではあるけれど。それはそうと、たばこにはぴったりなじむ時と場所がある。湯気のたちのぼる熱いコーヒーを飲む夜明け。幽霊屋敷ですごす孤独な夜。体をむしばまれないうちにたばこをやめたほうがいいのはわかっているが、やめないのもわかっている。いまのわたしに残されているのは、これ——思いやり、慰め、気力の源《みなもと》を、ぜんぶまとめてひとつにしたもの——しかないからだ。

　わたしは煙を吐きだしてながめた。煙はひろがっていき、あちこちで空気に流されながらただよいつづけ、やがて消えていく。人生に似ている。わたしたちは自分をごまかして、そうじゃないと考えたがるが、人生は煙そのものなのだ。一陣の風が吹いただけで遠くへ押し流され、自分が通りすぎたときの香りを思い出というかたちで残して消えていく。

　そんなつながりを考えているうちに笑いだし、急に咳きこみはじめた。わたしはたばこを吸《スモーク》っている。人生は煙《スモーク》に似ている。そして、わたしの名前はスモーキー。スモーキー・バレット。本名だ。母は〝かっこいい〟と思って名づけたという。それを思い出すと、わたしはがらんとした家の暗がりでゲラゲラ笑いだし、（先ほどと同じように）そうやって笑いながら、ひとりきりで笑っているときの笑い声って、なんて病《や》んでいるんだろうと思う。おかげでこれから三、四時間は考える材料ができる。〝病む〟ことについてという意味だ。なんといっても、問題はあしただ。

ＦＢＩに復職するか、うちに帰ってきて銃口をくわえ、脳みそを吹きとばすか、それを決める日を迎える。

2

「いまでもいつもの三つの夢を見るのかい?」

わたしがFBI指定の精神科医を信頼している理由のひとつはこれだ。彼はマインドゲームなんかしない。遠まわしにいって探りを入れたり、忍びよってきて不意打ちを食らわせたりもしない。最初から核心をつき、真正面から攻撃してくる。わたしは文句をいうし、彼が病《やまい》を治そうとするたびに抵抗するが、その点には敬意を払っている。

彼の名前はピーター・ヒルステッド。容貌はフロイトじみたステレオタイプとはおよそかけ離れている。百八十センチ以上の長身、こげ茶色の髪、モデル並みのハンサムな顔立ち、はじめて会ったときに思わずあれこれ想像してしまったほどの体格。だが、特筆すべきはやはり目だろう。あざやかなブルーで、こげ茶色の髪の人では見たことがない。彼と映画スターばりのルックスの持ち主とはいえ、彼に感情転移することはありえない。

いるときはセックスのことなんか考えない。自分自身について考えるのだ。ピーター・ヒルステッドは患者のことを真剣に考える数少ない精神科医のひとりで、セラピーのときにそれを疑いたくなることはぜったいにない。話をしているときに、彼がうわのそらで聞いているんじゃないかと思うことはない。全神経を集中させて耳をかたむける。彼の小さなオフィスのなかで重要なのはわたしだけ——そんな気分にさせてくれる。だからこそ、わたしはこのセクシーな精神科医に熱をあげる気になれない。いっしょにいるときは、彼を男性とは見なさない。はるかに貴重なもの——心の鏡と見なすのだ。

「いつもの三つよ」

「ゆうべはどの夢を見た?」

わたしは気まずくなって身じろぎする。彼に気づかれたのは知っている。どんな意味があると思ったのだろう? わたしはつねに計算したり秤《はかり》にかけたりしている。どうしてもやめられない。

「マットにキスされる夢」

ドクター・ヒルステッドはうなずく。「そのあと、寝なおせたのかい?」

「いいえ」としかいわず、ドクターがつづきを待つあいだ、わたしは彼を見つめる。きょうはなんとなく協力的になれない。

ドクター・ヒルステッドは顎に手をやってわたしをながめる。なにやら思案しているらしく、岐路《きろ》に立つ男といった風情《ふぜい》だ。どの道を選ぼうと引きかえせないのはわかっている。一分近くたってから椅子に背をあずけ、鼻柱をつまんでため息をつく。

「スモーキー、開業医仲間のあいだでわたしの評判があまり芳《かんば》しくないのは知ってるかい？」

わたしはびっくりする。評判が芳しくないと聞いたからだけではない。彼がわたしにそんな話をしたからでもある。「ああ、いえ。知らなかったわ」

ドクターはにっこりする。「事実なんだ。この職業に対するわたしの考え方が物議をかもしているんだよ。おもなところでは、精神の問題をほんとうの意味で科学的に解決する方法はないと考えている点だ」

といわれても、どう応じればいいのだろう？　わたしの精神科医が、自分の選んだ職業には、精神的な問題を解決する手立てがないといっている。信頼関係を築くのに役立つ発言とはいいがたい。「評判が芳しくないなんて、ありがたくない話ですね」

急な話で、せいぜいそれくらいしかいえない。

「誤解しないでほしいんだ。この職業には、精神的な問題を解決する手立てがまったくないといってるわけじゃない」

それもわたしがこの精神科医を信頼している理由のひとつだと思う。ドクター・ヒルステッドはナイフみたいに切れ味が鋭く、千里眼といっていい。だからといって、気味が悪いわけではない。わたしにはわかる――ずばぬけた才能のある精神科医ならだれでも、この種の能力をもっている。自分のことばに応じようとして相手が考えていることを見越す力を。「ちがうんだ。わたしがいいたいのはこういうことなんだ。つまり、科学は科学。正確なものなんだよ。引力があれば、なにかを落とすとかならず落下する。二たす二はかならず四になる。答えはひとつしかない。それが科学の本質なんだ」

わたしはそれについて考えてからうなずく。

「だとしたら、わたしの職業はなにをする？」ドクターは身ぶりをまじえて話す。「精神的な問題へのアプローチ？　科学じゃない。少なくとも、いまはまだ。二たす二の地点に到達していないんだよ。たどりついていたら、あのドアから入ってくる患者の問題をことごとく解決していただろう。たとえば鬱《うつ》病の患者には、AとBとCをして、しかもまちがいなく効果があるとわかっているはずだ。不変の法則があって、それが科学なんだよ」彼は笑みを浮かべる。苦笑だ。ちょっと悲しそうでもある。「ところが、わたしは患者の問題をぜんぶ解決できるわけじゃない。半分も解決できないだろう」そこで口をつぐみ、ややあって首を振る。「わたしはなにをする？　この職業は？　これは科学じゃない。ためせる処置の寄せ集めにすぎず、大半は過去に何度か効果があった方法だ。何度か効果があったという理由で、ふたたびためす価値のある方法。でも、それだけだ。わたしはこの考えを人前で話した。そんなわけで……同僚のあいだで評判がいいとはいえないんだ」

ドクターが待つあいだに、わたしは考える。「なぜなのかわかるような気がするわ。捜査局のなかには、結果よりイメージを重んじる部署もあるんです。あなたを嫌う医者たちについても、同じことがいえるんじゃないかしら」

彼はふたたび笑みをこぼす。こんどは疲れた感じの笑みだ。「いつもながら問題の核心をついてくるね、スモーキー。いつもといっても、自分自身がかかわっていない場合だが」

最後のひとことを聞いて、わたしは縮《ちぢ》みあがる。これはドクター・ヒルステッドが好んでもちいるテクニックのひとつで、日常的な会話にまぎらせて、ものごとの本質を見すかすような遠慮のない所見を、打ちとけた感じでくりだしてくる。たったいま、わたしにむけて発射した小型スカッドミサイルみたいに――きみは頭が切れるね、スモーキー。けど、自分の問題を解決するときはその頭を使わない、といったのだ。痛てっ。真実は手厳しい。

「でも、だれにどう思われようと、わたしはこうしてここにいる。ＦＢＩ捜査官のセラピーにかけては、もっとも信頼のおける精神科医のひとりと見なされている。なぜだと思う？」

返事を待って、ふたたびわたしを見る。なにかに導こうとしているのはわかっている。ドクター・ヒルステッドは、とりとめのないおしゃべりはしない。だから、わたしは考えてみた。

「たぶん、あなたの腕がいいからだと思います。わたしたちの仕事では、腕がいいのは、見た目がいいよりはるかにものをいうんですよ」

またあの微笑。

「そのとおりだ。わたしは好結果を出す。ひけらかしたり、毎晩寝る前に自分をほめたりするわけじゃない。でも、たしかにきみのいうとおりだ」

いかにもその道の達人らしく、さりげなく、少しも偉ぶらない口調だ。彼のいうことはわかる。駆け引きをしているときに、射撃はうまいかと訊いた場合、相手には正直に答えてもらいたい。へたくそなら、自分も知っておきたいし、相手だって知っておいてもらいたがる。銃弾というのは、正直者もうそつきも同じように瞬時にして殺すからだ。実力がためされる場では、強みと弱みの両方を事実として知っておかなければならない。わたしがうなずくと、ドクターは話をつづける。

「どんな軍事組織でも、重要なのはそれなんだ。好結果を出せるかどうか。ＦＢＩを軍事組織と見なすなんて、おかしな考えだと思うかい？」

「いいえ。戦いですから」

「どの軍事組織にも共通する根本的な問題というと、なんだと思う？　むかしからずっとある問題とは？」

わたしは退屈してそわそわしはじめる。「わかりません」

彼の顔に不満げな表情が浮かぶ。「スモーキー、考えてから返事をしなさい。わたしの話をちゃんと聞いてくれ」

とがめられて、しかたなく考える。わたしはゆっくりと返事をする。「そうね、たぶん……人事じゃないかしら。だれがなんの仕事をするかっていう」

ドクター・ヒルステッドはわたしを指さす。「あたりだ。それでは――理由は?」

答えが頭に飛びこんでくる。事件を扱っているとき、真剣に考えているときに、よくあることだ。「わたしたちに見えるもののせいだと思う」

「なるほど。それも理由のひとつだ。わたしは〝見る〟、〝する〟、〝失う〟といっている。見えるもの、すること、失うもの。三つでワンセットになっている」指を一本ずつ立てて数えていく。「法の執行者は、人間がしうる最悪の事柄を見る。腐乱死体を調べたり、場合によっては人を殺したりと、本来は人間がしなくていいはずのことをする。けがれのない心や楽観といった無形のもの、パートナーもしくは……家族といった有形のものなど、さまざまなものを失う」

彼はある表情を見せるが、わたしには読めない。「そこでわたしの出番が来る。こうしてここにいるのは、その問題があるからなんだよ。さらに、わたしが自分の役割を果たせないのも、その問題のせいなんだ」

わたしはわけがわからなくなると同時に興味を引かれる。ドクターを見て、話をつづけるようにうながすと、彼はため息をもらす。それ自体に〝見る、する、失う〟がふくまれているようなため息で、わたしはこのデスクのこちら側に、この椅子にすわるほかの人たちのことを考える。ドクター・ヒルステッドはどんな泣きごとに耳をかたむけるのだろう？　家路につくときにどんな悩みをもちかえるのだろう？

　わたしは彼を見つめ、想像してみる。自宅にいるドクター・ヒルステッド。おおまかなことはわかっている。ざっと調べたのだ。結婚歴なし。パサデナの家は二階建てで、寝室が五つある。愛車はアウディのスポーツセダン――ドクター・ヒルステッドはぶっとばすのが好きらしく、そんなところからも彼の性格がうかがえる。しかし、どれもうわっつらにすぎない。自宅の玄関から一歩なかに入ってドアを閉めたときにどうなるか、ほんとうにわかるわけではない。夕食を電子レンジであたためて食べるタイプの独身男なのだろうか？　それとも自分でステーキを焼き、ＢＧＭにヴィヴァルディをかけて完璧なダイニングテーブルにつき、ひとりで赤ワインをちびちびと飲みながら食事をするタイプなのだろうか？　いや、もしかしたら、帰宅すると裸になってハイヒールをはき、毛むくじゃらの脚をあらわにしてせっせと家事をこなしているかもしれない。

　わたしはその考えが気に入る。自分だけのちょっとした笑い話。近ごろはどんな笑いのネタでも享受《きょうじゅ》するようになっている。わたしはドクターの話に注意をもどす。

「ノーマルな世界では、きみのようなつらい経験をした人間は、ぜったいにもとにもどろうとしないものなんだよ、スモーキー。ふつうの職についてるふつうの人なら、銃や殺人犯、死体には、一生近づこうとしないだろう。わたしの仕事は、きみがそういう職に復帰する準備を手伝えるかどうかをたしかめることなんだ。わたしに求められているのは、それなんだよ。傷ついた魂をあずかり、戦場に送りかえす。感傷的だと思うかもしれないが、真実なんだ」

ドクターが身を乗りだしたところをみると、この話もそろそろ終わりに——彼のめざす地点に近づいてきたらしい。

「わたしがなぜあえてそんなことをするのかわかるかい？　その人を傷つける原因をつくった場所へ送りかえすと知っていながら、そうするのはなぜか」そこでひと呼吸おく。「わたしの患者の九十九パーセントがそれを求めてるからだ」

またもや鼻柱をつまんで首を振る。

「男性だろうと女性だろうと、わたしの患者はみんな精神にダメージをうけていて、戦場にもどれるよう手入れをしてもらいたがっている。じつをいうと、患者たちを動かしてるのがなんであれ、なによりも必要なのは、まさしくその復帰なんだ。復帰しなかったらどうなると思う？　問題なく生きていける場合もある。たいていは酒びたりになる。なかにはみずから命を絶つ人もいる」

彼はわたしを見すえて最後の部分を口にする。わたしは考えを読まれている気がしてつかのまうろたえる。この話がどこへつづくのか見当もつかない。そのせいで動揺する。めまいを感じ、落ちつかない気分になり、結果的にいらいらする。平静を失うと、母方のアイルランドの血が目をさます——かっとなって相手に怒りをぶつけるのだ。

ドクター・ヒルステッドはデスクの左側に腕を伸ばし、はじめて見る分厚いファイルフォルダーを手にとると、自分の前において開く。わたしは目をぐっと細めて見つめ、ラベルに自分の名前が書いてあるとわかって驚く。

「きみのファイルだよ、スモーキー。かなり前からもっていて、何度か目を通してる」ページをめくり、声に出して読みあげる。「スモーキー・バレット。一九六八年生まれ——つまり、三十五歳だ。女性。犯罪学の学位を取得。一九九〇年にＦＢＩに入る。クワンティコを首席で卒業。一九九一年、ヴァージニア州のブラックエンジェル事件の捜査を手伝うよう命じられる。デスクワークだ」顔をあげてわたしを見る。「ところが、内勤では気がすまなかった。そうだね？」

わたしは当時のことを思い出してうなずく。たしかにそのとおりだ。当時はまだ二十三歳の未熟な甘ちゃんだった。捜査官になって得意になっていたときに、デスクワークとはいえ大きな事件を手伝うことになって、ますますいい気になっていた。ブリーフィングの最中に聞いたなにかが引っかかり、頭から離れなくなった。目撃者証言のどこかに、腑《ふ》に落ちない点があったのだ。その夜、眠りについたときもまだ頭のなかを駆けめぐっていて、それがのちにときおり経験することになるとは知らずに、午前四時になにかを感じてはっと目をさました。結果的には、それが事件解決の突破口となった。窓がどちら側に開くかというようなことに関係がある。ふつうなら記憶に残らないほどささいな事柄に安眠を妨害され、それが犯人逮捕につながったのだ。

そのときは運がよかっただけだと思い、たいして気にとめなかった。ほんとうに運がよかったのは、捜査の責任者のジョーンズ特別捜査官が、まれに見る上司だったことだ。栄誉をひとり占めするようなことはせず、手柄を立てた本人の手柄とする――それがたとえ未熟者の女性捜査官であっても。わたしはまだ駆け出しだったので、その後もしばらくデスクワークをつづけていたが、そこから出世街道をひた走りだした。NCAVC――国立暴力犯罪分析センター、FBIのなかでも最悪の事件を扱う部署――で働けるように、ジョーンズ特別捜査官の厳しい監視のもとで訓練をうけたのだ。

「三年後にNCAVCに配属される。大躍進だな」

「通常はFBIで十年以上の経験を積んでからでないと、NCAVCには配属されないんです」自慢しているわけではなかった。ほんとうなのだ。ドクター・ヒルステッドはさらに読みつづける。

「そこでつぎつぎに事件を解決。すばらしい功績をあげる。九六年にロサンゼルス支局NCAVCの主任に任命される。そこからほんとうの意味で輝きはじめる」

わたしは当時のことを思い出す。〝輝く〟はまさに的《まと》を射たことばだ。一九九六年は、なにをやってもうまくいくように思えた年だった。一九九五年の末に娘が生まれた。わたしはロサンゼルス支局の主任に任命された。たいへんな名誉だ。マットとの絆《きずな》は強くなるばかりだった。毎朝、胸をときめかせてさわやかに目をさます――そんな一年だった。

腕を伸ばせば、となりに――いるべき場所に、彼がいた。

なにからなにまで、いまとは大ちがいだ。ドクター・ヒルステッドに怒りをおぼえる。それを思い出させたから。いまがいっそう心寂しくうつろな時期に思えてくるようなことをいったからだ。

「なにか意味があるんですか？」

ドクターは片手をあげて制する。「まだ少し残ってる。ロサンゼルス支局はあまりうまくいっていなかった。きみは白紙委任状をあたえられて新しいスタッフを配置することになり、全国の支局から三人の捜査官を選んだ。当時はとっぴな人選といわれたが、結果的には三人とも期待を裏切らなかった。そうだね？」

控えめな表現としかいいようがない。わたしはまだ怒っていて、返事をせずにうなずく。

「それどころか、捜査局史上最高のチームのひとつといわれている。そうだろ？」

「最高のチームよ」そういわずにいられない。わたしは自分のチームを誇りに思っていて、チームのこととなると謙虚になれなくなる。そもそも、ほんとうに最高なのだ。NCAVCロサンゼルス――〝NCAVCコーディネーター〟、局内では〝死の本部〟と呼ばれている――は、最高の仕事をしている。いまにはじまったことではないし、それ以上はいわない。

「わかった」ドクターはまたページをめくっていく。「つぎつぎに事件を解決。ここでもまた輝かしい評価を得る。FBI初の女性長官の候補にあがっているとみるむきもあった。歴史的だな」

どれも事実だった。どれに対してもいぜんとして怒りをおぼえるが、なぜなのかは自分でもわからない。とにかく、頭にきているのはわかる。腸《はらわた》が煮えくりかえるほど怒っていて、このままいったら融点に達して溶けてしまうだろう。

「ファイルのなかで目を引いたことはほかにもある。射撃の腕前だ」

ドクターが視線をあげてわたしを見ると、なぜかわからないが、不意をつかれた気がする。自分のなかでなにかが渦巻き、それが不安だとわかる。椅子の肘掛けを握りしめると、ドクターが話をつづける。

「ファイルによると、きみの射撃の腕前は世界ランキングの二十位以内に入るという。事実なのかね、スモーキー？」

ドクター・ヒルステッドを見つめているうちに、感覚がなくなっていくのがわかる。怒りが消えていく。

わたしと拳銃。ドクター・ヒルステッドのいっていることはすべて事実だ。わたしは人が水の入ったグラスをつかんだり自転車に乗ったりするのと同じように銃を握って撃てる。とっさにできることで、むかしからそうだった。生まれつきの才能としかいいようがない。息子をほしがる父親のもとに生まれたわけではなく、父はわたしに銃の撃ち方を教えたわけでもなかった。むしろ、銃を嫌っていた。銃を撃つというのは、わたしの得意なことにすぎない。

八歳のときだった。父には、グリーンベレーの特殊部隊員としてベトナムで戦ったことのある友人がいた。その人はまぎれもない銃マニアだった。サンフェルナンドバレーの荒れはてた地域に建つ荒れはてたコンドミニアムに住んでいて――その人にはお似合いだった。荒れはてた人だったのだ。とはいえ、わたしはいまでも彼の目をおぼえている――鋭く、若々しい。きらきらしていた。

デイヴという人で、いやがる父をサンバーナディーノ郡の薄ぎたない地域にある射撃場に引きずっていった。父はわたしをつれていった。そうすれば、早めに切りあげて帰れると思ったのかもしれない。父がデイヴにいわれてしぶしぶ射撃の練習をするあいだ、わたしはそばにたたずみ、少女には大きすぎる防音用の耳あてをつけてながめていた。銃をかまえるふたりの姿を見ているうちに、すっかり魅せられた。心を奪われたのだ。

「あたしもやっていい？」と、いきなり声をあげた。

「やめておきなさい、スモーキー」と、父はいった。

「なあ、いいじゃないか、リック。二十二口径の小さな銃を借りてくるよ。何発か撃たせてみよう」

「お願い、パパ。ねえ、いいでしょ?」わたしは父を見あげ、とびきりかわいらしい顔をしてせがんだ。たった八歳でも、その顔でねだれば、父の意志を曲げて自分の思いどおりにできると知っていたのだ。父は顔に葛藤《かっとう》の色をありありと浮かべてわたしを見おろし、やがてため息をついた。

「いいよ。けど、ほんの二、三発だけだぞ」

デイヴが二十二口径を借りてきてくれた。わたしの手にぴったり合う小さな拳銃で、ふたりはどこかからスツールを見つけてきて、その上にわたしを立たせた。心配そうに見守る父をよそに、デイヴは銃に弾をこめると、わたしに握らせてうしろに立った。

「ほら、あそこに標的が見えるだろ?」わたしはうなずいた。「どこを撃つか決めるんだ。あせらなくていい。引き金はゆっくり引く。あわてて引くと狙いが狂うよ。用意はいいかい?」

わたしはうなずいたものの、じつをいうと、デイヴのことばはろくに聞いていなかった。銃を握っているうちに、わたしのなかでなにかがカチカチと音をたてはじめていた。しっくりくる。手になじむ。射撃場の先に目をむけ、人間のかたちをした標的を見つめたが、そんなに離れているようには思えなかった。手がとどきそうなほど近い感じがした。銃口を標的にむけ、息を吸いこみ、引き金を引いた。

自分の小さな手のなかで小さな拳銃が跳ねかえるのを感じ、びっくりすると同時に胸が高鳴った。

「なんてこった！」デイヴのうれしそうな声が聞こえた。

目をぐっと細め、あらためて標的を見つめてみて、頭のどまんなかに小さな穴があいているのがわかった。狙った場所だ。

「きみは天才かもしれないぞ、お嬢ちゃん」と、デイヴはいった。「もうちょっと撃ってみようよ」

その〝もうちょっと〟は一時間半になった。わたしは九十パーセント以上の確率で命中させ、射撃練習が終わるころには、自分は一生銃を撃つことになると確信していた。射撃が得意になるのもわかった。

父は銃を嫌っていたにもかかわらず、以来ずっと支援してくれた。たぶん、射撃がわたしの一部になっていて、わたしを銃から引き離すのは無理だと悟っていたのだろう。

ほんとうのところは？　わたしは恐ろしいくらい腕がいいが、人前でひけらかすようなまねはしない。それじゃ、ひとりのときは？　射撃の名手アニー・オークリーにも引けをとらないと自負している。ろうそくの炎を撃って消すこともできれば、二十五セント硬貨を宙に放り投げて穴をあけることもできる。あるとき屋外射撃練習場で、銃を抜くほうの手の甲にピンポン玉をのせたことがある。その手をさっとおろして銃を抜き、ピンポン玉が地面に落ちる前に吹きとばした。バカげた芸当だが、やけに満ちたりた気分になった。

ドクター・ヒルステッドに見つめられているあいだに、そんな思い出が頭をよぎっていった。

「事実です」と、わたしはいう。

彼はファイルを閉じ、両手を組みあわせてわたしを見る。「きみはまれに見る捜査官だ。FBI史上もっとも優秀な女性捜査官といっていい。きみは凶悪な犯人のなかでももっとも凶悪な連中を追う。半年前に、当時追っていた男、ジョセフ・サンズがきみと家族を襲い、きみの目の前で夫を殺し、きみをレイプして傷つけたあげくに、娘を殺害した。きみは超人的としかいいようのない力を発揮して形勢を逆転し、サンズを殺した」

もはや全身が麻痺している。この話がどこへ行きつこうとしているのかわからないが、少しも気にならない。

「そんなわけで、わたしはこうしてここにいる。二たす二がかならずしも四になるとはかぎらない世界、なにかを落としてもかならずしも落ちるとはかぎらない世界で仕事をし、きみがもとの場所にもどれるように力になろうとしている」

こちらをむいたときのドクター・ヒルステッドのまなざしは、偽りのない思いやりに満ちあふれていて、わたしは目をそらさずにいられなくなる。つらくなって耐えられない。

「わたしは長いあいだこの仕事をしてきたんだよ、スモーキー。それに、きみがここに通いはじめてからずいぶんたつ。わたしはいろんなことを感じとるようになる――きみたちの仕事では勘と呼んでるんじゃないかな。いまの状態について、わたしの勘はこういっている。きみはどうしようか決めようとしてる――復職するかどうか、あるいはみずから命を絶つか」

わたしははっとして視線を彼の目にもどす。ショックをうけ、心ならずも認めてしまったようなものだ。麻痺が悲鳴をあげながらすばやく逃げていき、わたしは巧《たく》みにあやつられていたことに気がつく。ドクター・ヒルステッドはとりとめのない話をつづけ、注意を喚起し、わたしが気づかないまま平静を失っていると、いきなり迫ってきてとどめを刺したのだ。迷わず急所を狙った。しかも、うまくいった。

「きみが包み隠さず話してくれないと、わたしは力になれないんだよ、スモーキー」

またしても思いやりに満ちたまなざし。いまのわたしには誠実すぎるし邪気がなさすぎる。彼のまなざしは、わたしの心の肩をつかんで揺さぶろうと伸びてくるふたつの手を思わせた。涙がこみあげてきて目がしみる。けれども、ドクター・ヒルステッドを見つめかえすわたしの視線は怒りに満ちている。わたしが取調室で犯人たちを落としてきたように、彼はわたしを落とそうとしている。でも、そうはいかない。

ドクター・ヒルステッドはわたしの気持ちを感じとったとみえ、おだやかな笑みを浮かべた。

「わかったよ、スモーキー。いいだろう。最後にもうひとつだけ」

彼はデスクの引き出しをあけ、証拠品の入ったビニール袋を取りだした。最初のうち、わたしはなにが入っているのかわからなかったが、少ししてわかると、体が震えだして汗をかきはじめる。

わたしの拳銃。何年も前からもっていて、ジョセフ・サンズを撃った銃でもある。目が銃に釘づけになって引き離せない。その拳銃のことは自分の顔と同じように知りつくしている。グロック社製の黒い銃で、破壊力がある。重さも感触も知っている——においまで思い出せる。ビニール袋に入っているとはいえ、銃を見るなりどうしようもない恐怖に襲われる。

ドクター・ヒルステッドは袋を開けて銃を取りだすと、わたしたちのあいだのデスクにおいた。ふたたびわたしを見るが、こんどの視線は厳しく、思いやりのあるまなざしではない。お遊びはもうおしまいらしい。わたしは先ほどの方法が彼のベストアプローチだと思っていたが、ベストに近いものですらなかったようだ。わたしには理解できなくても彼には理解できる理由で、わたしを自白に追いこむのはこれになるだろう。わたし自身の武器だ。

「スモーキー、きみはこの銃を何回くらい手にしてきた？ 千回？ 一万回？」

わたしは乾ききった唇に舌を走らせて湿らせる。返事はしない。グロックを見つめずにいられない。

「いますぐ銃をとりなさい。そうすれば、現場に復帰できる状態になったと進言するよ。それがきみの望みなら」

わたしはなにもいえないばかりか、銃から目を引き離すこともできない。頭の片隅では、自分がドクター・ヒルステッドのオフィスにいることも、彼がむかいにすわっていることもわかっている。けれども、視界がせばまってひとつの世界になっている――わたしと銃だけの世界。いつのまにかまわりの音が消え、頭のなかに奇妙な静けさが宿り、自分の胸の鼓動だけが響いている。心臓が狂ったように鳴っている音が聞こえた。

わたしは乾いた唇をもう一度舐《な》める。ただ腕を伸ばして銃をとればいい。ドクター・ヒルステッドがいったように、何万回も手にとってきたのだから。この拳銃は自分の手の延長みたいなもので、呼吸やまばたきと同じように、意識しなくても手にとることができる。

銃は目の前にあるのに、わたしの手はこわばったまま椅子の肘掛けを握りしめている。

「さあ、早く。銃をとりなさい」ドクター・ヒルステッドの口調は厳しくなっていた。乱暴ではないが、断固とした響きがこもっている。

わたしはやっとの思いで椅子の肘掛けから手を離す。それから、ありったけの気力をかき集め、その手を前に出す。手はいうことをきかず、わたしの一部――わずかに残っている分析的で冷静な部分――は、そんなことなんてあるはずがないと考えている。わたしにとっては反射運動に近い動きなのに、いつからこんなにむずかしいことになってしまったのだろう？

汗が額を流れ落ちていくのがわかる。全身が震えだし、視界の端が暗くなってきた。呼吸が苦しくなって、自分のなかでパニックがふくらんでいく。閉所恐怖症に似ており、なにかに取りかこまれているようで、息がつまりそうな感じがする。腕はハリケーンのさなかの木のように震えている。袋につめこまれた無数の蛇がのたくっているみたいに、腕の筋肉が痙《けい》攣《れん》してぴくぴくしている。手が少しずつ銃に近づいていき、やがてその上でとまる。震えがひどくなって全身にひろがっていき、汗腺《かんせん》という汗腺から汗が噴きだした。

わたしはいきなり立ちあがって椅子を倒し、悲鳴をあげる。

悲鳴をあげ、両手で頭をたたいているうちに、自分が泣きだしているのを感じる。やったのは彼だ。わたしにひびを入れ、切り裂き、内臓をかきだしたのだ。わたしを助けるためにやったとわかっていても、なんの慰めにもならない。いまは痛みしか感じないからだ。痛み、痛み、痛みだけ。

わたしはあとずさりしてデスクを離れ、左手の壁にもたれたままずるずるとしゃがみこんでいく。そうしながらも声を出しているのがわかる。鋭い泣き声に近い。耳ざわりな声だ。いつものように、それを聞くと胸が痛む。幾度となく聞いてきた声。愛するものはぜんぶなくなってしまったのに、自分だけは生き残っているとわかった人の声。わたしはその声が母親や夫、友人たちの喉から絞りだされるのを聞いてきた。死体安置所で遺体の身元を確認したとき、あるいは、わたしの口から悲報を伝えられたときに聞いてきた。

いま、恥ずかしいと思えないのはなぜだろう？　しかし、ここには恥ずかしいと思える余地がない。痛みでいっぱいになっているからだ。

ドクター・ヒルステッドはわたしのそばに来ていた。肩を抱くどころかふれようともしない——セラピストとしてすぐれているとはいえない。でも、彼を感じることはできる。わたしの前でしゃがみこむ彼の姿がぼんやりと見える。彼に対する憎しみは頂点に達していた。

「話してくれ、スモーキー。いまの思いを話してほしいんだ」

真の思いやりにあふれた声を聞いて、あらたな苦悩の波がどっと押しよせてくる。わたしはなんとか口を開き、あえぎながらとぎれとぎれにすすり泣く。

「もう生きていけない……生きていけない……マットもアレクサもいない……愛情も生きがいも……なにもかも失って——」

わたしの口はアルファベットのOのかたちになる。自分でもわかる。天井を見あげて髪をつかみ、両手で毛根から引っこ抜き、そのあと気を失った。

3

悪魔があんな声で話すなんて、なんとなく妙な感じがした。背丈は三メートル近くある。メノウのような目、歯ぎしりしたり叫び声をあげたりする口で埋めつくされた頭。体をおおううろこは、なにかが焼けこげたような黒っぽい色をしている。しかし、声は鼻にかかっていて、南部の人みたいな間延びした話し方をする。

「魂は大好物でね」と、打ちとけた調子でいう。「天国に行くはずだったやつをむさぼり食うのが大好きなんだ」

わたしは裸にされてベッドに縛りつけられている。銀の鎖で縛られている。とても細いのに引きちぎれない。H・P・ラヴクラフトの怪奇小説にまぎれこんだ眠り姫みたいな気分だ。王子さまのやさしい口づけではなく、二股に分かれた舌を唇に感じて目をさます。シルクのスカーフで口をふさがれて声が出ない。

悪魔はベッドの足もとに立ち、わたしを見おろしながらしゃべっている。くつろいでいるように見えるが、それでいて独占欲が強そうで、ハンターが自分の車のボンネットに縛りつけた鹿をながめるように、得意げにわたしを見つめている。

悪魔は刃のぎざぎざした戦闘ナイフを振りまわす。鉤爪《かぎづめ》のついたバカでかい手に握られているせいで、やけに小さく見える。

「だが、魂を食うときはなんといってもウェルダンだ——うんとスパイスをきかせて。おまえの魂はなにかたりない……苦悩少々と痛みかな？」

悪魔の目がうつろになっていき、牙のあいだからねっとりした黒いよだれがしたたり落ちて顎を伝い、うろこにおおわれた巨大な胸にぼたぼたとたれていく。悪魔はよだれにまったく気づいていないらしく、それがまた恐ろしい。やがて、悪魔はとがった歯を見せてにやりと笑い、わたしの目の前で茶目っ気たっぷりに鉤爪を振ってみせた。

「じつはもうひとりいるんだよ、かわいい、かわいいスモーキー」

悪魔が脇へ寄ると、王子さまの姿が見える。わたしに口づけをして目ざめさせてくれるはずだった王子さま——わたしのマット。十七のときから知っている男。なにからなにまで知りつくしている相手。裸にされ、椅子に縛りつけられていた。長時間にわたって鞭《むち》で激しく打たれたらしい。傷つけはするが、殺しはしない。果てしなくつづくかに思わせ、希望は奪うが、命までは奪わない。そんなふうに痛めつけられたようだ。片目は腫《は》れあがってふさがり、鼻は折れ、唇は裂けてふくれあがり、歯は何本か欠けている。顎は骨が砕けてかたちがなくなっている。サンズにナイフで切りつけられたらしく、わたしが愛し、口づけをし、なでてきた顔は、小さいけれども深い傷で埋めつくされていた。胸からへそのまわりにかけても大きな切り傷が見える。そして、血。あたり一面が血に染まっている。マットが息をするたびに、血が流れだし、したたり、ぶくぶくと泡を立てる。悪魔はマットの腹部に血で縦横の線を引き、○や×を描いて三目並べを楽しんでいる。見ているうちに、○が勝った。

　マットの開いているほうの目とわたしの目が合う。彼の目にまぎれもない絶望感がただよっているのを見て、わたしの頭はすさまじい叫び声でいっぱいになる。心の底からわきあがる叫び、魂をこなごなに砕く音、声になった恐怖。世界を破壊するような絶叫。圧倒的な怒りがこみあげてきて、爆風を思わせる激しさで意識的な思考力を吹きとばす。狂気の怒り、地下洞窟さながらの闇。魂の喪失。

　わたしは猿ぐつわの隙間から、獣じみた鋭い叫び声を、喉から血が流れ鼓膜が破れるような金切り声をもらす。縛られた両手をぐいぐい引っぱっているうちに、鎖が肌に食いこんでいく。眼球が膨張して眼孔から飛びだしそうになる。犬だったら、口から泡を吹いているだろう。わたしの望みはたったひとつ――この鎖を引きちぎって、自分の手で悪魔を殺してやりたい。ただ死なせるわけにはいかない――内臓を抜きだしてやりたい。八つ裂きにして、なんなのか見分けがつかないようにしてやりたい。悪魔をこなごなに分裂させて蒸発させてやりたい。

だが、鎖はしっかりしている。引きちぎるどころかびくともしない。そのあいだも、悪魔は魅了されているようにわたしをうっとりと見つめている。マットの頭に片手をのせており、モンスターが父親らしい仕草をまねているように見える。

悪魔が笑い声をあげ、バカでかい頭を動かして首を振ると、無数の口が猫みたいな鳴き声を出して文句をいう。悪魔がまたあの不似合いな声でしゃべりだした。

「さあ、料理に取りかかろう！　焼いて、あぶって、たれをかけろ」といってウインクする。「英雄の魂のうまみを引きだすには、絶望感をひと振りするのがいちばん……」そこで間をおいてから深刻そうな声を出し、ゆがんだ後悔の念をこめる。「こんなことになったからって自分を責めちゃいかんよ、スモーキー。英雄といえども、つねに勝てるわけじゃないんだ」

わたしはマットに視線をもどしたものの、彼の目の表情を見て死にたい気持ちになる。そこに浮かんでいるのは、不安でも痛みでも恐怖でもない。愛だ。つかのまとはいえ、マットはこの寝室から悪魔を追いだし、いまはわたしとふたりきりになって見つめあっている。

長い結婚生活から得られる贈り物のひとつは、相手をちらっと見るだけで、どんなことでも——ちょっとした不満から人生の意義にいたるまで——伝わることで、配偶者と心を通わせる——通わせる意志があれば——うちに身につくものだ。マットはそんな視線を投げかけてきて、片方だけの美しい目で三つのことをいっている。ごめん、愛してる、そして……さよなら。

この世の終わりをながめているようだった。炎に包まれて燃えあがっているわけではない。ぐっしょり濡れた冷たい影におおわれていく。永遠につづく暗闇に。

悪魔もそれに気づいたらしい。ふたたび笑い声をあげると、しっぽを振って毛穴から膿をしたたらせながら、ぴょんぴょん跳びはねて踊ってみせる。

「おお――アモーレ。なんてすてきなんだろう。あれを――愛の終焉《しゅうえん》を――チェリーのかわりにおれのスモーキー・サンデーにのせるとしよう」

部屋のドアが開いて閉まる。だれも見えないが……ぼんやりした小さな影が視界に入ってきた。わたしはその気配を感じとって絶望に襲われる。

マットが目を閉じると、わたしはまた激しい怒りにかられ、鎖を引きちぎろうとする。ナイフが振りおろされ、刃を前後に動かして肉を切る湿った音が聞こえてくる。マットが傷だらけの唇のあいだから叫び声をあげ、わたしは猿ぐつわの隙間から悲鳴をあげた。王子さまが死んでいく、王子さまが死んでいく――。

わたしは悲鳴をあげながら目をさます。

ドクター・ヒルステッドのオフィスのソファに寝ている。彼はソファのそばで膝をつき、手ではなく、ことばでわたしにふれている。

「しーっ。だいじょうぶだよ、スモーキー。夢を見ただけだ。安心しなさい」

わたしはがたがたと震え、汗まみれになっている。頬を濡らす涙が乾いていく。

「だいじょうぶかい？」と、ドクター・ヒルステッドがたずねる。「落ちついた？」

わたしはドクターを見ることができない。なんとか起きあがる。

「なんであんなことをしたの？」と、ささやく。精神科医の前で虚勢を張るのはやめている。ドクター・ヒルステッドはわたしをめちゃめちゃにし、まだ鼓動している心臓を両手でもっている。

ドクターはすぐには返事をしない。立ちあがって椅子をつかみ、ソファに近づけて腰をおろす。わたしはまだドクターを見る気になれないが、彼が見ているのはわかっていた。窓を翼でたたく小鳥のように、ためらいがちに、根気強く。

「それは……ああするしかなかったからだ」しばらく黙りこむ。「スモーキー、わたしがＦＢＩや警察の捜査官たちを診《み》るようになってから十年になる。きみたちはきわめて強い精神力をもっている。わたしはこのオフィスで人間性のもっともすぐれた部分を目にしてきた。献身。勇気。誠意。義理。もちろん、悪い部分も多少は見てきた。堕落とか。だが、そんなのは例外であって、常例ではない。なによりもたくさん見てきたのは強さだった。信じられないような強さだ。人格の強さ、魂の強さ」ことばを切り、肩をすくめる。「わたしの仕事では、魂については話せない。じつは、魂というものを信じてはいけないんだ。善と悪？

そんなのはたんに大まかな概念にすぎない。実体のあるものとして明確にされているわけじゃないんだ」ドクター・ヒルステッドは厳しい表情でわたしを見る。「とはいえ、善悪はただの概念ではない。そうだろ？」

　わたしはあいかわらず自分の手を見つめている。

「きみたちは、自分の強さをお守りのように大切にしてる。かぎりのある源泉だと思っているようにふるまう。怪力の士師《しし》サムソンと髪みたいにね。サムソンは長い黒髪をばっさりと切られて魔力を失った。きみたちは精神的にまいってここでなにもかも話してしまうと、その強さを失い、二度と取りもどせなくなると考えているようだ」ドクター・ヒルステッドはまた黙りこむ。わたしはむなしさをおぼえ、寂しい気持ちになる。「スモーキー、わたしは長年にわたってこの仕事に従事し、いろんな患者に会ってきたが、きみはもっとも強い人間のひとりだ。過去に診てきた患者のなかに、きみが経験し、いまも経験している苦しみに耐えられそうな人間は、おそらくひとりもいないだろう。ただのひとりも」

　わたしはやっとの思いでドクター・ヒルステッドのほうをむく。彼はわたしをからかっているのだろうか？　強い？　自分が強いなんて思えない。弱い感じがする。自分の拳銃さえ握れない。ドクター・ヒルステッドを見ると、彼もわたしを見る。決然としたまなざしをむけられて、わたしはぎくっとする。わたしはあのまなざしを、血まみれの事件現場にむけてきた。ばらばらに切断された死体に。その種の恐ろしいものなら、目をそむけずに見つめることができる。ドクター・ヒルステッドは同じまなざしで見つめており、わたしはそれが彼の才能なのだと気づく。彼は揺るぎないまなざしで魂の恐怖を見つめることができるのだ。わたしはドクター・ヒルステッドにとっての事件現場で、彼は嫌悪感や不快感をもよおして顔をそむけたりしない。

「だが、きみが限界点に達してるのは知ってるよ、スモーキー。つまり、わたしにできることはふたつにひとつ。きみが絶望して死ぬのを見守るか、無理やり話をさせて力になるか。わたしはふたつめを選んだ」

彼のことばに偽りはなく、誠意が感じられる。わたしは平気でうそをつく犯罪者を何十人も見てきた。うそなら、眠っていても嗅ぎわけられると思っている。ドクター・ヒルステッドは真実を語っている。わたしを助けたがっているのだ。

「さあ、こんどはきみの番だ。立ちあがって出てくもよし。話をここから先に進めるもよし」ドクター・ヒルステッドはわたしにほほえみかける。疲れの見える笑顔だ。「わたしはきみの力になれる。ほんとだよ。過去を消してあげることはできない。これから先は一生傷つかずにすむと保証することもできない。でも、きみを助けることはできる。きみがそうさせてくれれば」

ドクター・ヒルステッドを見つめているうちに、わたしは自分の心のなかで葛藤がくりひろげられているのを感じる。ドクターのいうとおりだ。わたしは女サムソンで、彼は男デリラなのだ。ただし、彼はわたしが髪を切っても傷つくことはないという。自分を信用してほしいと頼んでいる。わたしが信用しているのは自分だけ。

ほかには……? 心のなかから小さな声が問いかける。わたしはそれにこたえて目を閉じる。そう。マットも。

「わかったわ、ドクター・ヒルステッド。あなたの勝ちよ。やってみます」

そういうのにちょうどいいタイミングだったらしい。震えがとまったからだ。

ドクター・ヒルステッドのいったことはほんとうなのだろうか? わたしが強いというのは。

わたしには生きつづける強さがあるのだろうか?

4

わたしはウィルシャー大通りにあるＦＢＩロサンゼルス支局の正面入り口に立っていた。建物を見あげ、なにかを感じとろうとした。

なにも感じない。

いまのわたしのいるべき場所ではない。むしろ、建物に審査されているような気がする。コンクリートとガラスと鋼鉄の顔をしかめてわたしを見おろしている。民間人にはこんなふうに思えるのだろうか？　堂々としていて、少し飢えているように？

正面のドアのガラスに映る自分の姿が目に入り、心のなかですくみあがる。スーツを着てくるつもりだったが、それだと、なにがなんでもうまくいかせようと気合いが入りすぎている感じがした。スウェットでは締まりがない。決心がつかないまま、ボタンダウンシャツにジーンズ、シンプルなぺったんこの靴を選び、薄くメークをしてきた。それもいまとなってはふさわしくないように思え、走って逃げだしたくなった。

さまざまな感情が波のようにうねって押しよせてきて、波頭を立てては砕けていく。不安、焦燥《しょうそう》、怒り、希望。

ドクター・ヒルステッドはセラピーの最後にこう指示した――チームのメンバーに会ってきなさい。

「きみにとっては、たんなる仕事じゃないんだよ、スモーキー。きみの人生の意味を明確にしていたものなんだ。きみ自身の一部。きみ自身だった。そうだろ?」

「ええ。そのとおりです」

「それに、職場の同僚たちのなかには――友人と呼べる相手もいるんだろ?」

わたしは肩をすくめた。「ふたりは親友です。ふたりとも手を差しのべてくれたんですけど……」

ドクター・ヒルステッドは眉をあげてわたしを見た。わたしがなんというか知っているのに、わざとけげんそうな顔をしていたのだ。「けど、入院していたとき以来、そのふたりには会っていない」

わたしがミイラよろしく包帯を巻かれていたとき、自分はどうしてまだ生きているのだろうと考えていたとき、死にたいと思っていたとき、ふたりはちょくちょく面会にきてくれた。腰をおろして話をしようとしたが、わたしは帰ってほしいと頼んだ。すると、こんどは毎日のように電話をかけてきた。しかし、わたしはそのたびにボイスメールに切りかえ、一度もかけかえさなかった。

「あのころはだれにも会いたくなかったんです。そのあとは……」声が小さくなって黙りこんだ。

「そのあとは、どうしたんだい？」と、ドクター・ヒルステッドはうながした。

わたしはため息をつき、自分の顔を手で示した。「こんな姿を見られたくなかったんです。あの人たちがあわれみの表情を浮かべたりしたら、耐えられなかったと思う。つらくてやりきれない」

話はさらにつづき、ドクター・ヒルステッドは、銃を手にとれるようにするための最初のステップは、友だちと会うことだといった。というわけで、わたしはここにいる。

歯を食いしばってアイルランド人の不《ふ》撓《とう》不《ふ》屈《くつ》の精神を呼びさまし、ドアを押しあけてつきすすむ。

背後でドアが音もなくゆっくりと閉まると、大理石の床と高い天井のあいだで動けなくなった。だだっぴろい野原でつかまってしまったウサギみたいに、さらしものになったような気がする。

金属探知機のあいだを通ってセキュリティーチェックをすませると、バッジを見せる。勤務についている警備員は警戒しており、鋭い視線をさまよわせている。顔の傷痕に気づくと、その目に驚きの色が浮かぶ。

「NCAVCのみんなと副支局長にあいさつしにきたの」なんとなくなにかいわなければいけないような気がして、わたしは警備員にいう。

警備員は、なんだろうとかまいませんよ、というように愛想よくほほえむ。わたしは間抜けなさらしものになった気分になり、小声で自分をののしりながらエレベーターホールにむかう。

知らない人といっしょにエレベーターに乗るはめになった。彼は横目でわたしの顔をちらちら見ているのに、それを無理に隠そうとするものだから、わたしはただでさえ落ちつかないのに、よけいに気まずい思いをさせられる。なんとか気にしないようにして、目的の階につくと、いつもよりちょっと急いでエレベーターをおりた。心臓がドキドキしている。

「落ちつけ、バレット」と、自分にむかってうなる。「傷だらけだからって、石かなにか投げつけられるとでも思ってるの？　しっかりしろ」

ひとりごとをいうと、たいていはうまくいくもので、今回も例外ではない。だいぶ気が楽になる。廊下を進み、かつて自分が仕事をしていたオフィスのドアの前に立つ。ふたたび不安がこみあげてきて、やっとの思いでかき集めた平常心を蹴散らしていく。ここには似たようなにかがある。わたしはそんなことを考えもせずに、このドアを幾度となく通りぬけてきた。銃を手にした回数よりも多いくらいだ。しかし、ここでは似たような、それでいてもっと鈍い不安を感じる。

このドアのむこうには、わたしが背後に残してきた人生がある。その人生を築いてくれた人びとがいる。同僚たちはわたしをうけいれてくれるだろうか？　それとも、モンスターの仮面をつけた情けない人間を目にして、ひとまず大歓迎するそぶりを見せてから送りかえすだろうか？　あわれみに満ちたまなざしで見送り、わたしはその視線が背中を焼いて穴をあけるのを感じるのだろうか？

そんな筋書きがはっきりと目に浮かんできて、戦慄をおぼえずにいられない。わたしはうろたえる。廊下の先にそわそわと視線を走らせる。エレベーターのドアはまだ開いている。まわれ右をして走りだせばすむ。走りつづければいい。走って走って走って走って、ひたすら走る。スニーカーが汗でぐっしょり濡れるまで走りつづけ、マールボロを買ってうちに帰り、暗がりでたばこを吸いながらゲラゲラ笑えばいい。わけもなく泣き、自分の傷痕をながめ、見ず知らずの人たちのやさしさを思う。その考えが気に入って心が勇み立ち、体が震える。たばこがほしい。自分の孤独や苦悩に包まれて安心したい。そっとしておいてほしい。そうすれば、そのうち正気を失って――

――その瞬間、マットの声が聞こえてくる。

笑っている。

わたしが大好きだった低い声、やさしく透明な涼風を思わせる笑い声だ。「ふーん、そうくるか……危険を感じるとあわてて逃げだす。いかにもきみらしいよな」これも彼の才能のひとつだった。相手を愚弄《ぐろう》せずにやさしくたしなめることができる。

「いまのわたしらしいといったほうがいいかも」と、わたしは小声でいう。

強がったつもりなのに、顎がぶるぶる震え、手のひらが汗ばんでいるものだから、うまくだませない。

マットがにっこりするのがわかる。おだやかで、取りすました笑み。心からほほえんでいるわけではない。

くそっ。

「ええ、そうよ、そうよ……」わたしは亡霊にむかってつぶやき、手を伸ばしてノブをまわす。

マットを頭の片隅に押しやり、ドアを開けた。

5

わたしは戸口に立ったままオフィスのなかを見つめた。純粋で偽りのない恐怖に襲われ、吐き気をもよおす。〝最悪のできごと〟が起こって以来、わたしが自分の人生でなによりも嫌っているものの中心がこれなのだ。なにに対しても優柔不断なこと。自分の性質のなかでむかしから好きだったことのひとつは、思いきりがいいところだったのに。どんなときでも単純明快――決断し、行動する。ところがいまは―― 〝もし、もし、もし、ううん、そう、ううん、もしかしたら、やっぱり、もし、もし、もし……〟その陰にあるのは―― 〝とにかく不安で……〟

そう、不安でしかたがない。それも四六時中。目ざめたときも、歩きまわっているときも、眠りにつくときも。いやでたまらないのに、不安から逃れられない。わたしは傷つかないと本気で信じきっていたころの自分がなつかしい。わたしの傷が癒《い》えても、その自信が二度ともどってこないのもわかっている。ぜったいにもどってこない。

「しっかりしろ、バレット」と、わたしは自分にいいきかせる。

もうひとつのことをする――あてもなく歩きまわる。

「いやなら、変えればいいじゃん」と、ひとりごちる。

そうそう――そうやって年がら年じゅうひとりごとをいっている。

「あんたってほんとにどうしようもないやつだね、バレット」と、小声でいう。

ひとつ深呼吸をしてオフィスに入っていく。

広いオフィスではない。わたしたち四人、デスク、コンピュータのワークステーション、小さな会議室、電話。コルクボードはどれも現場写真で埋めつくされている。半年前にわたしがここで働いていたころと少しも変わっていない。なのに、いまは月面を歩いているような気がする。

やがて、仲間の姿が目に入る。キャリーとアランはこちらに背をむけ、コルクボードのひとつを指さして話しあっている。ジェームズはいつものように冷ややかな面持ちで、デスクに開いておいてあるファイルを一心に読んでいる。アランがいち早く振りかえってわたしに気づいた。わたしを見ると、目を大きく見開き、口をぽかんと開ける。嫌悪感をあらわにするのではないかと思って、わたしは身がまえる。

アランが大声で笑いだす。

「スモーキー!」

うれしそうな声を聞き、その瞬間、わたしは救われる。

6

「あらまあ、ハニー、いまのあなたなら、ハロウィーンのときにわざわざ仮装する必要がないわね」といったのはキャリーだ。彼女のことばはショッキングだし、無神経だし、思いやりのかけらもない。なのに、わたしは心地よい喜びで胸がいっぱいになる。キャリーが彼女らしくないことをいっていたら、わたしはその場で泣きくずれていただろう。

キャリーは赤毛の美人で、背が高く、ほっそりしていて、脚がすらりと長い。まるでスーパーモデルのようだ。世の中には美しい人がたくさんいるが、彼女もそんなひとりなのだ。キャリーをずっと見つめていると、太陽を見ているような気分になる。年は三十代後半。法医学の修士号をもっていて、副専攻は犯罪学。才気《さいき》煥発《かんぱつ》で、体裁《ていさい》を取りつくろうようなことはいっさいしない。たいていの人は威圧的な女性だと思う。一見したところでは、大半が冷淡な女だと思い、なかには残酷だとさえ感じる人もいる。しかし、じつは正反対なのだ。ほんとうは信じられないほど誠実なのに、ちょっとやそっとのことでは本性をあらわさない。ぶしつけで、どこまでも正直で、観察力が鋭く、政治的だろうとPR的だろうとなんだろうと、いいかげんなことはぜったいにしない。それに、彼女が友だちと呼ぶ相手のためなら、自分が盾になって銃弾から守ろうとする人でもある。

キャリーのすばらしい特徴のひとつは、なによりも見逃されやすい――単純さだ。裏表がなく、世間に見せるのは、彼女のもつたったひとつの顔なのだ。偉そうにすることがなく、尊大ぶった態度をとる相手は許さない。キャリーに手厳しい評価をくだす人たちもいるが、誤解を招く最大の原因は、おそらくこのあたりにあると思う――キャリーにからかわれて我慢がならないと思っていても、彼女はこれっぽっちも気にしていないのだ。気楽にいこう。でなきゃ取り残される。というのも――彼女がよくいうように――「自分のことを笑えない人なんて、わたしにはなんの役にも立たない」からだ。

ジョセフ・サンズに襲われたあと、わたしを見つけたのはキャリーだった。わたしは裸にされ、血を流し、悲鳴をあげ、吐瀉物《としゃぶつ》にまみれていた。キャリーはいつものようにドレスアップしていたが、一瞬の迷いもなくわたしを腕に包みこみ、救急車を待つあいだずっと抱いていてくれた。意識を失う直前の記憶のひとつは、彼女のみごとなオーダーメイドスーツがわたしの血と涙で台なしになっていたことだ。

「キャリー……」

叱責するようにそういったのはアランだ。物静かで、まじめで、つねに的を射ている。アラン流。彼は大柄で強面《こわもて》のアフリカ系アメリカ人だ。ただ大きいというだけではない。とてつもなく大きいのだ。歩く山といったほうがいい。取調室でアランににらみつけられて失禁した容疑者は、ひとりやふたりではない。皮肉なのは、アランがだれよりもやさしくて温厚なことだ。驚異的な忍耐力の持ち主でもあり、わたしがむかしから感心し見習いたいと思ってきたその忍耐力を、事件の捜査でも発揮する。証拠が見つかれば、どんなに小さなものでも根気強く徹底的に調べる。殺人犯を追っているときは、うんざりして音《ね》をあげることなんかぜったいになく、こまかいことを見きわめるアランの眼識のおかげで解決した事件もたくさんある。四十代半ばで、わたしたちのなかでは最年長だ。アランはロサンゼルス市警の殺人課刑事として十年の実務経験を積んでからFBIに入った。

べつの声が聞こえてくる。「こんなところでなにをしてるんだ？」〝不満〟という楽器があったら、シンフォニーを奏《かな》でることになるだろう。

前置きも弁解もなし。遠慮がないのはキャリーと同じだが、こちらはユーモアもない。このことばを発したのはジェームズだ。映画《オーメン》に登場する悪魔の子にちなみ、わたしたちは彼のことを陰でダミアンと呼んでいる。ジェームズはまだ二十八歳で、チームのなかでは最年少なのだが、あんなに人好きのしない、むかつく男はいない。ことあるごとに相手の神経を逆なでするようなことをいって激怒させる。だれかの怒りをあおりたくなったら、わたしは迷わずジェームズを投入し、火に油をそそぐだろう。

ジェームズは頭が切れる。切れるといっても、ぶっちぎりで頭がいい。十五歳でハイスクールを卒業し、大学進学適正試験《SAT》で満点をとって、アメリカじゅうの大学から入学してほしいと懇願されたという。彼は犯罪学のカリキュラムがもっとも充実している大学を選び、たった四年で博士号を取得した。その後、念願のＦＢＩ入りを果たしたのだった。

ジェームズは十二歳のときに姉を亡くしている。姉は、鉛管工用のブロートーチと悲鳴をあげる若い女性に執着する連続殺人犯に殺害され、ジェームズは彼女を埋葬したその日から、将来はＦＢＩの捜査官になろうと心に決めていた。

ジェームズはふだんは感情をあらわすことがなく、なにを考えているのかまったくわからない。生きがいはひとつだけ——ＦＢＩの仕事だ。冗談をいったり笑ったりすることもなければ、自分の手がけている仕事に不必要なこともいっさいしない。プライベートな話もしなければ、たとえば好き嫌いや趣味など、自分の真情を明かすようなことも口にしない。彼がどんな音楽を好むのか、どんな映画を楽しむのかはもとより、音楽を聴いたり映画を見たりするのかさえわからない。

有能できわめて論理的な人間と考えるのは安直すぎる。そうではない。ジェームズは敵意をもっていて、突如としてそれを剝《む》きだしにすることがある。非難のことばはあくまでも辛《しん》辣《らつ》だし、思いやりがないのはだれもが知っている。人がいやな思いをしているのを見て喜ぶタイプではない。人がどんな気持ちになろうとかまわないタイプといったほうがいいだろう。ジェームズは、姉を殺した犯人のような人間が存在できる世界そのものに腹を立てているのだと思う。とはいえ、わたしはそんな彼を寛大な目で見るのをずっと前にやめてしまった。ほんとうにむかつく男なのだ。

それでも、ジェームズが頭脳明晰《ブリリアント》なのはたしかで、まわりの人の目がくらむほど輝いて《ブリリアント》おり、そういう意味では永遠に光りつづけるカメラのフラッシュに似ている。さらに、彼はわたしと同じ能力をもっていて、わたしたちはそれで結びついている。その能力のせいで、彼はわたしとへその緒でつながっている双子のような存在になっている。ジェームズは殺人犯の頭のなかに入りこむことができる。片隅や暗がりに忍びこみ、影を値踏みし、悪を理解することができるのだ。わたしにもそれができる。そんなわけで、事件の捜査では特定の部分で協力することになる場合がよくある。そういうときは、潤滑油《じゅんかつゆ》とボールベアリングのように息が合って、仕事がすらすらとよどみなくはかどっていく。それ以外のときは、ジェームズのそばにいるといらいらして不愉快きわまりない。

「久しぶり」と、わたしはいう。

「おい、くそったれ」アランがおどすような調子でジェームズにいう。

ジェームズは両手の指を組みあわせ、冷ややかな目でアランを見すえる。いかにもジェームズらしく、わたしが感心しているところでもある。背丈は百七十センチほど、体重はずぶ濡れになっても五十八キロくらいしかないのに、彼をおどすのは不可能に近い。どんなことがあっても、こわいとは思わないらしい。「質問しただけだよ」ジェームズはしれっという。

「なあ、その生意気な口を閉じといてくれないか？」

わたしはアランの肩に手をおく。「いいのよ」

ふたりはまだにらみあっている。やがて、アランがため息をついて視線をそらす。ジェームズは値踏みするような目でわたしをじっと見てから、先ほどまで読んでいたファイルに注意をもどす。

アランがわたしのほうをむいて首を振る。「すまない」

わたしは笑みをもらす。どう説明すれば理解してもらえるかわからないが、いまのわたしには、あのダミアン流の応じ方でさえ、なぜか〝ありがたい〟ことなのだ。〝半年前と変わっていない〟ことを教えてくれるからだ。ジェームズはいまでもむかつくやつで、それがわかると安心するのだ。

わたしは話題を変える。「ところで、なにか変わったことは？」

オフィスのなかに歩を進め、デスクやコルクボードをざっと見まわす。わたしが休職しているあいだはキャリーがリーダーをつとめていたので、彼女が答える。

「こっちはわりと静かだったわよ、ハニー」キャリーは相手がだれだろうと〝ハニー〟と呼ぶ。ＦＢＩ長官をハニーと呼び、文書で厳重注意をうけたという話も伝え聞いている。べつに深い意味はなく、ひとりでおもしろがっているだけらしい。そんな呼び方をするのはたいてい南部の人だが、キャリーは生まれも育ちも南部ではない。ハニーと呼ばれていやがる人もいる。でも、わたしはキャリーらしいと思っている。「誘拐が二件あったけど、連続事件はなかったわ。ここのところは、古くなって冷めちゃった事件を調べてたの」といってにっこりする。「凶悪犯はみんなあなたといっしょに休暇をとったみたいね」

「誘拐事件はどうなったの？」児童誘拐事件の捜査はわたしたちの専門分野のひとつで、取締機関につとめる人間は、男女にかかわらず、だれも扱いたがらない。身代金が目的で誘拐することはまずない。目的はセックスや苦痛や殺しなのだ。

「ひとりは無事に保護されたけど、もうひとりは死亡してたの」

わたしはコルクボードを見つめているが、ほんとうに見ているわけではない。「いずれにしても、ふたりとも見つかったのね」と、ひとりごとをいう。見つからない場合のほうがはるかに多い。〝便りがないのはいい便り〟と思っているのは、子どもを誘拐された経験のない親たちだけだ。誘拐事件では、便りがないというのは、死にはいたらないが、人を脱け殻にしてしまう癌《がん》に似ている。この数年間に、それぞれの子どもに関するあらたな情報を求めて、何人もの親が会いにきたが、わたしには提供できる情報がなかった。数年のあいだに、親たちは痩せほそり、恨みがましくなっていった。瞳に宿っていた希望の光が消え、頭が白髪におおわれていくのを、わたしは何度も目のあたりにしてきた。誘拐事件では、子どもの遺体が発見されたら、ありがたいと思わなければならない。少なくとも、確信をもって思いきり嘆き悲しめるようにはなるからだ。

わたしはキャリーのほうをむく。「ボスになった気分はどう?」

彼女は高飛車《たかびしゃ》な女を装って、特有のキャリースマイルを見せる。「それくらいわかってるでしょ、ハニー。わたしは生まれながらの女王なのよ。これでもう王冠もわたしのものになったわ」

それを聞いて、アランがフンと鼻を鳴らし、つづいてガハハと大笑いする。

「そこの農夫は無視してちょうだい」と、キャリーが小バカにしたようにいう。

わたしは笑い声をあげる。気分のいい笑いだ。意表をつかれたときの本物の笑いで、笑いというのはそうでなければいけない。ところが、思いのほか長く笑いつづけてしまい、涙がこみあげてくるのを感じてうろたえる。

「やばい」わたしはそうつぶやいて顔をふく。「悪いわね」顔をあげ、キャリーとアランにむかって弱々しく笑ってみせる。「とにかく、あなたたちに会えてうれしくて。わかってもらえないと思うけど」

人間山脈のアランが近づいてきて、木の幹《みき》のような太い腕のなかにいきなりわたしを包みこむ。わたしはほんの一瞬抵抗したものの、すぐに彼の胸に顔を埋めて抱きつく。

「わかってるよ、スモーキー」と、アランがいう。「おれたちはわかってる」

アランがわたしを放すと、キャリーが進みでてきて彼を押しのける。
「べたべたしたふれあいはもうたくさん」ぴしゃりといい、わたしを見すえる。「ランチをごちそうさせて。断わっても無駄よ」
わたしはまたしても涙がこみあげてくるのを感じ、やっとの思いでうなずく。キャリーは
ハンドバッグをつかむと、つづいてわたしの腕をつかみ、ドアのほうへせきたてる。「一時
間でもどってくるわ」キャリーがうしろを振りかえっていう。外に押しだされ、ドアが閉ま
ったとたん、涙がぽろぽろこぼれはじめる。
キャリーが横から腕をまわし、わたしを抱きしめる。
「ダミアンの前ではぜったいに泣きたくなかったんでしょ？　わかってるわ、ハニー」
わたしは涙を流しながら笑いだし、なにもいわずにうなずくと、キャリーが差しだしてく
れたティッシュをうけとり、気が弱くなっている自分を気の強い彼女にゆだねる。

7

わたしは〈サブウェイ〉の店内に腰をおろし、大食いのキャリーが長さ三十センチもあるミートボールサンドイッチをつめこむのを、呆気にとられて見ていた。どうしてこんなに食べられるのだろう？　わたしはかねてから不思議に思っていた。キャリーはアメリカンフットボールのラインバッカーよりも食べるのに、少しも贅肉《ぜいにく》がつかないのだ。彼女は週七日、毎朝欠かさず八キロのジョギングをする。そのおかげかも。そう思って、わたしは顔をほころばせる。キャリーが大きな音をたてて指を舐め、そのたびに熱をこめて舌つづみを打つからだろう、ふたりの老婦人が眉をひそめてこちらをにらみつける。キャリーは満足するとため息をついて椅子の背に寄りかかり、ストローでマウンテン・デューを飲みはじめる。そのとき、わたしはこれこそがキャリーの本質にちがいないと思う。彼女は時の流れに身をまかせたりせずに、人生をむさぼり食う。ろくに嚙みもせずに飲みこみ、また食べにいく。わたしが笑みをもらしているのに気づくと、キャリーはけげんそうな顔をして、わたしの目の前で指を振る。

「ねえ、あなたをランチにつれだしたのは、わたしが頭にきてるってことを伝えたかったからなのよ、ハニー。電話をかけてもかけかえさないし、Eメールだって返信しない。許せないわ、スモーキー。あなたがどんなにへこんでいようと、知ったことかって感じよ」

「わかってるわよ、キャリー。ごめんなさい。本気よ――ほんとに悪いと思ってる」

彼女は真剣なまなざしでわたしを見つめる。同じような目つきで犯人をにらみつけているのを一度か二度見たことがあり、そんな視線を浴びせられてもしかたがない気がする。そのうちキャリーは手を振り、いつもの彼女らしい晴れやかな笑みを見せた。「いいわ。許してあげる。それじゃ、こんどは本物の質問をするわね。調子はどうなの？　ほんとのことをいって。うそはだめよ」

わたしは目をそらし、サンドイッチを見つめる。それからキャリーを見る。「きょうまでのところ？　ひどい。最低よ。毎晩、悪夢にうなされてる。落ちこんでいて、よくなるどころかひどくなる一方よ」

「自殺を考えてた。そうでしょ？」

わたしは衝撃を感じる。こんどは少し軽めだが、ドクター・ヒルステッドのオフィスで感じたのと同じ衝撃だ。ここではなぜか自分を恥ずかしく思う。キャリーとはずっと親しくしており、口に出すこともあればなんらかのかたちで表現することもあるが、いずれにしても、ふたりのあいだにはつねに愛情があった。といっても、たがいの強さにもとづく愛情で、相手の肩にすがって泣くような愛情ではない。キャリーに同情を求めたりしたら、そんな愛情が薄れたりなくなってしまったりするかもしれないと思って不安になる。それでも、わたしは返事をする。

「そうよ。たしかに考えた」

キャリーはうなずいてから黙りこみ、なにかを、あるいはどこかを見つめるが、わたしにはなんなのかわからない。わたしはちょっとした既視感《デジャヴュ》をおぼえる。キャリーはドクター・ヒルステッドと同じ顔つきをしている。岐路に立ち、どちらの道を進むか決めようとしている。「スモーキー、だからって弱いわけじゃないわ。弱かったら、じっさいに引き金を引いてるはずよ。泣いたり、悪い夢を見たり、落ちこんだり、自殺を考えたりしたからって、弱いわけじゃない。傷ついてるという意味にしかならないのよ。それにね、傷つくくらい、だれだってあるわ。スーパーマンだって傷つくのよ」

わたしはキャリーを見つめるだけでなにもいえない。完全にことばを失ってしまい、なんといっていいのかわからない。キャリーらしくなくて、虚をつかれていたのだ。彼女はわたしにやさしい笑みを投げかける。

「スモーキー、負けちゃだめ。自分のためだけじゃない。わたしのためにも」キャリーはマウンテン・デューをひと口飲む。「あなたとわたしは似た者どうしなのよ。わたしたちはずっと勝ち組だった。なんでも思いどおりになったわ。わたしたちはこの仕事が得意なのよ――いっしょに仕事をすると、どんなことでもうまくいったわ。そうでしょ？」

　わたしは絶句したままうなずく。

「ねえ、ハニー、聞いて。哲学的なことを話すから聞いてほしいの。わたしは人前でこういうむずかしい話をするタイプじゃないから、記念すべき日としてカレンダーにしるしをつけておいてね」キャリーは飲み物をおく。「世間の人はみんな同じことをいうわ――若いころは天真爛漫《てんしんらんまん》でやる気満々だったのに、気がついたらいつのまにか熱意を失っていた。どんなことをしても楽しいと思えない、とかなんとか。わたしはそんなのはたわごとだと思ってた。若いからって、みんながみんな天真爛漫で、ノーマン・ロックウェルの世界みたいに素朴だとはかぎらないでしょ？　だれでもいい、貧しい地域《ワッツ》の子どもに訊いてごらんなさい。人生ってむかつくってわかったからって、たいして意味はない。わたしはむかしからそう思ってたの。大切なのは、人生って傷つくんだってわかることなのよ。そうでしょ？」

「うん」わたしは夢中になって聞いている。

「世間の人の大半は、若いうちに傷つくのよ。あなたとわたしは――ラッキーだった。信じられないくらいラッキーだったのよ。傷ついてる人たちに会って、すべきことをしてきたけど、傷ついていたのは自分じゃなかった。わたしたちは傷ついていなかったのよ。あなたはどう？　最愛の人と結婚して、かわいい娘を授《さず》かり、すご腕の女性捜査官になった。まさに飛ぶ鳥を落とす勢いよね。それじゃ、わたしはどう？　わたしもけっこう順調だったわ」といって首を振る。「いい気にならないようにしてたけど、じつをいうと、男なんていつでも選び放題だったし、ありがたいことに体だけでなく頭だって悪くない。捜査官としてもすぐれてるわ。とっても有能よ」

「たしかに」わたしは同意する。

「でも、そういうことなのよ、ハニー。あなたもわたしも、ほんとの悲しみは経験していなかった。そういう意味で、わたしたちは似てるのよ。ところが、ある日突然、あなたにも銃弾が飛んでくるようになって、不死身じゃなくなった」キャリーはまた首を振る。「その瞬間から、わたしはこわいもの知らずではいられなくなったの。こわかった。こわくてたまらなかったわ。あんな思いをしたのは、生まれてはじめてだった。それ以来ずっとこわくてたまらないの。あなたのほうが有能だからよ、スモーキー。むかしからわたしより有能だった。あなたの身に起こるとしたら、わたしの身にもまちがいなく起こるっていうことなのよ」キャリーは椅子に背をあずけ、両手を開いてテーブルにぺたんとのせる。「以上、スピーチ終了」

キャリーとのつきあいは長い。彼女が深みのある人で、未知の部分があるのはわかっている。その謎の部分は、垣間見えることはあっても、はっきりと見えることはなく、わたしにとってはつねに彼女の魅力や長所のひとつだった。カーテンがつかのま開いたのだ。だれかがはじめて裸を見せてくれたときに似ている。相手を信用しているしるしで、わたしは胸を打たれて膝の力が抜けそうになる。腕を伸ばし、キャリーの手をつかむ。

「がんばるわ、キャリー。それくらいしか約束できない。けど、それだけは約束する」

キャリーはわたしの手を握りかえしてから手を引っこめる。カーテンが閉じた。「とにかく、急いでくれない？　わたしは高飛車でやっかいな人でいたいの。あなたがいないと困るのよ」

わたしはにっこりしてキャリーを見つめる。ドクター・ヒルステッドは、わたしは強い人間だといっていた。でもわたしにとって、強さという面での英雄はつねにキャリーだった。暴言を吐く不遜《ふそん》な守護聖人のキャリーだったのだ。わたしは首を振る。「ちょっと失礼。トイレに行ってくる」と、わたしはいう。

「終わったら、ちゃんとふたを閉めるのよ」

化粧室を出ようとしたときにある光景を見てしまい、わたしは思わず立ちどまった。キャリーはまだわたしに気づいていない。手にしたものに気をとられている。わたしは脇へ寄り、戸口の陰に隠れてようすをうかがう。

キャリーは悲しそうな顔をしている。悲しそうなのではない――悲嘆にくれている。

横柄《おうへい》なキャリーなら見たことがある。おだやかだったり、怒っていたり、復讐《ふくしゅう》に燃えていたり、ユーモアにあふれていたり――あらゆる表情を見てきた。けれども、悲しそうな顔は見たことがない。あんなキャリーは一度も見たことがない。なんとなく、わたしとは関係のないことだとわかる。

　わたしの英雄は、手にしているもののせいで嘆き悲しんでいるらしく、わたしはショックをうける。

　個人的なことだというのもはっきりとわかる。あんなところをわたしに見られたと知ったら、キャリーはいやがるだろう。人に見せる顔はひとつしかないけれど、どの表情を見せるかは彼女自身が決める。あれ――〝あれ〟がなんであれ――をわたしに見せるつもりはなかったはずだ。わたしは化粧室に引きかえす。驚いたことに、先ほどの老婦人のひとりが化粧室にいた。手を洗っているところで、鏡に映るわたしに目をむける。わたしはどうしたものかと悩みながら婦人を見つめかえす。そのうちやっとどうするか決める。

「すみません」と、声をかける。「お願いがあるんですけど」

「なにかしら？」と、婦人は間髪をいれずに訊く。

「わたし、友だちといっしょに来ているんですけど……」

「がさつで、お行儀の悪い食べ方をする人？」

　ごくりとつばを飲みこむ。

「ええ、そうです」

「彼女がどうかしたの？」

わたしは口ごもる。「彼女……物思いにふけってるみたいなんです。わたしがここにいて、ひとりきりだから……わたしは――」

「そんなときにびっくりさせたくないのね。そうでしょ？」

老婦人が一瞬にして完全に理解してくれたものだから、ことばが出なくなる。わたしは彼女の顔をまじまじと見る。固定観念。そんなものはまったく役に立たない。テーブルで見たときは、保守的で批判的なばあさんだと思っていた。いまはちがう。親切そうな目、分別、バカげた願いをとっさに見抜く力をもっているように見える。「そうなんです」と、わたしは低い声でいう。「彼女――なんていうか……上品じゃないけど、ほんとに心の広い人なんです」

婦人はまなざしをやわらげ、すてきな笑みを浮かべる。「偉人のなかにも、手づかみで食べてた人がたくさんいるのよ。わたしにまかせて。ここで三十秒待って、それから出ていきなさい」

「ありがとう」本気でいう。婦人もわかってくれたようだ。

彼女はなにもいわずに化粧室をあとにする。わたしは三十秒とちょっとしてから出ていく。角からのぞき、目をまるくした。婦人がわたしたちのテーブルのそばに立ち、キャリーにむかって非難がましく指を振っている。わたしはふたりのほうへ歩いていった。

「世の中には静かに食事を楽しみたい人もいるのよ」と、婦人はいっている。攻撃的な口調は、武器やオリンピック競技を思わせる。相手を怒らせるより恥じ入らせるような叱り方だ。わたしの母はその道の達人だった。

キャリーは婦人をにらみつけている。暗雲がたれこめてきたのがわかり、わたしはあわててテーブルにむかう。婦人はわたしの頼みをきいてくれているのに、せっかくの親切心が仇《あだ》になってはいけない。

「キャリー」わたしは彼女を落ちつかせようと肩に手をかける。「そろそろ出ないと」

キャリーはすごい形相《ぎょうそう》で婦人をにらみつける。婦人は日だまりであおむけに寝そべる犬みたいに無防備だ。

「キャリー」わたしはもう一度、こんどは断固とした調子でいう。キャリーはわたしを見てからうなずくと、立ちあがってサングラスをかける。お高くとまった派手なふるまいを見て、わたしはうらやましく思う。〝九、九、十〟満点に近いスコア。冷たさを競う〝氷の女王〟コンテストは、今年は白熱した戦いがくりひろげられ、観客席からどよめきが……。

「いわれなくても出ていくわよ」キャリーは軽蔑をこめてそういうと、バッグをつかんで婦人のほうに首をかたむける。「ごきげんよう」といったが、彼女の口調は〝死ね〟といっている。

わたしはキャリーをせきたてて出口にむかう。うしろを振りかえり、最後にもう一度だけ婦人に視線を投げかけた。彼女が意味ありげにウインクする。

ここでもまた見ず知らずの人の思いやりにふれて胸がつまる。

キャリーが怒りをたぎらせていたおかげで、帰りの車中は楽しくすごせた。〝くそばばあ〟や〝しわしわの干しぶどう〟や〝エリート主義のミイラ〟について、彼女が文句を並べたてるのを聞いて、わたしはここぞというところで相づちを打つ。しかし頭のなかは、例の悲しそうな表情——ぜんぜんキャリーらしくない表情——でいっぱいになっていた。

駐車場に到着し、わたしの車のそばでとまる。

きょうのところはこれでじゅうぶん。副支局長には後日あらためて会いにいこう。

「ありがとう、キャリー。近いうちにまた寄るって、アランに伝えて。顔を見にくるだけかもしれないけど」

彼女はわたしにむかって指を振る。「ちゃんと伝えるわ、ハニー。けど、こんどまたわたしの電話を無視したら承知しないわよ。あの夜のあなたは、あなたを愛する人たちをみんな失ったわけじゃないし、仕事上のつきあいだけじゃない友だちだっているのよ。それだけはぜったいに忘れないで」

キャリーは最後のひとことを口にすると、わたしがなにもいえないうちにタイヤをきしらせて走りだす。キャリーのお家芸だが、わたしはその被害者になって気をよくしていた。

自分の車に乗りこみ、ゆうべの予感があたっていたことに気づく。きょうがその日だったのだ。うちに帰っても、自分の頭を吹きとばすようなまねはしない。できるわけがない。銃を手にすることさえできないのだから。

8

その日は最悪の夜をすごした。大ヒット悪夢を集めたベスト盤といったところか。悪魔の衣裳を身にまとったジョセフ・サンズがいて、マットが口を血だらけにしてわたしにほほえみかけていた。それがいつのまにか〈サブウェイ〉のキャリーに変化する。キャリーはよれよれの紙切れから顔をあげると銃を抜き、〈サブウェイ〉にいた婦人の頭を撃ち抜く。それからまたストローで飲み物をすすりはじめるのだが、彼女の唇は真っ赤でいやにぽってりしており、わたしに見られているとわかると、片目を閉じた死体みたいにウインクしてみせた。

わたしは身震いして目をさまし、電話が鳴っていることに気づく。時計に目をやる。朝の五時。こんな時間に電話してくるなんて、いったいだれだろう？　休職して以来、早朝に電話がかかってきたことは一度もない。

頭のなかではまだ先ほどの悪夢があばれまわっていたが、残像を払いのけると、ひと息ついて震えをとめてから受話器をつかむ。

「もしもし」

相手は黙っている。まもなく、キャリーの声が聞こえてくる。「おはよう、ハニー。起こしちゃって悪いんだけど……事件が起こったの。あなたに関係のあることよ」

「事件？　なにがあったの？」キャリーがうんともすんともいわないものだから、わたしはいらいらしてくる。受話器を握っているあいだも、小さな震えが断続的に体を駆けぬけていく。「ちょっと、キャリー。早く話してよ」

彼女はため息をつく。「アニー・キングっていう人、おぼえてる？」

わたしは疑っているような口調で訊きかえす。「おぼえてるかって？　あたりまえじゃない。親友だもの。アニーなら五年前にサンフランシスコに引っ越したはずよ。いまでもたまに電話してる。わたしは彼女の娘の名づけ親で、アニーの身に万一のことがあったら、娘を引きとって育てることになってるの。だから、もちろんおぼえてるわよ。なんで？」

キャリーはまた黙りこんでいる。「ったく」と、小声でいうのが聞こえる。腹に一撃を食らったような声だ。「親友だなんて知らなかった。ただの顔見知りだと思ってたのよ」

胸が不安でいっぱいになってくる。不安と悪い予感。なにがあったかわかる。というか、わかる気がする。でも、キャリーにはっきりといってもらわないと確信がもてない。「話して」

キャリーはしかたがないとばかりに長いため息をもらす。「死んだのよ、スモーキー。自宅のアパートメントで殺されたの。お嬢さんは助かったけど、昏迷状態におちいってる」

ショックをうけて手の感覚がなくなり、あやうく受話器を取り落としそうになる。「キャリー、いまどこにいるの？」自分の声なのに、小さくてよく聞こえない。

「オフィスよ。現場にむかう準備をしてるところ。一時間半後に専用機で行くことになってるの」

ショックをうけながらも、わたしはなにかを感じとる。電話のむこうから重苦しさが伝わってくる。まだ話していないことがあるのだろう。

「話してよ、キャリー。なにか隠しているんでしょ？」

キャリーは口ごもってからため息をつく。「犯人があなた宛てにメッセージを送ってきたのよ、ハニー」

わたしは無言のまま動きをとめる。彼女のことばを理解しようとする。「オフィスに行くから待ってて」わたしはそういうと、キャリーがなにもいえないうちに電話を切る。

しばらくベッドの端にすわっている。頭をかかえこんで泣こうとするが、いっこうに涙が出てこない。どういうわけか、そのほうがつらい。

オフィスに到着したときも、まだ六時にしかなっていなかった。ロサンゼルスを車で走るとしたら、幹線道路がすいている唯一の時間帯、早朝にかぎる。その時間に運転している人たちの大半は、よからぬことをたくらんでいるか、たくらもうとしている。わたしは早朝の事情にくわしい。朝靄《あさもや》や夜明けのほのかな光のなかを運転して、血なまぐさい事件現場へむかったことが数えきれないほどあるからだ。ちょうどいまみたいに。オフィスまでの道すがら、わたしはアニーのことしか考えられなかった。

アニーと出会ったのはハイスクール時代で、当時はふたりとも十五歳だった。アニーはチアリーダーを引退しようとしており、わたしはマリファナを吸ったり車をぶっとばしたりする無鉄砲なおてんば娘だった。ハイスクールの階層制を考えれば、アニーとわたしは出会うはずがなかった。そこに運命が干渉してきた。少なくとも、わたしは運命のいたずらだと思っている。

数学の授業中に生理がはじまったのを感じ、わたしは手をあげてバッグをつかむと、教室を飛びだしてトイレへむかった。顔を赤らめ、トイレに先客がいないことを願いつつ、廊下を走っていった。八カ月前に初潮を迎えたばかりで、生理がはじまるたびに息苦しくなるほど気恥ずかしい思いをしていたのだ。

トイレをのぞきこみ、だれもいないとわかってほっとした。個室に入って処置の準備をしていると、洟《はな》をすする音が聞こえ、ナプキンを手にしたまま凍りついた。息をつめ、耳をそばだてた。洟をすする音がまた聞こえてきたが、それがすすり泣きに変わっていった。ふたつむこうの個室でだれかが泣いていた。

苦しみにはむかしから弱かった。子どものころは獣医になろうとさえ考えていた。小鳥や犬、猫、歩くものだろうと、地面を這《は》うものだろうと、けがをした生き物に出くわすと、かならず家につれて帰った。たいていは手当てのかいなく死んでしまった。けれども、たまに助かることもあり、数少ないとはいえ、そんな勝利のおかげで、わたしは自分なりの救済活動をつづけることができた。両親は、はじめのうちはかわいらしいと思っていたようだが、獣医の救急室に足しげく通ううちに、〝かわいらしい〟が〝いいかげんにしろ〟に変わっていった。いいかげんにしろと思っていようがなんだろうが、ふたりともマザー・テレサみたいな活動をやめさせようとはしなかった。

成長するにつれ、動物への思いが人間にもおよんでいった。いじめられている子がいれば、あいだに入ってけんかの渦中から救いだしはしないものの、しばらくしてようすを見にいき、だいじょうぶかどうかたしかめずにいられなかった。バックパックにいつも小さな救急箱を入れて歩き、八年生と九年生のときはだれにでも絆創膏《ばんそうこう》を差しだしていた。自分の奇癖には気づいていなかった。妙な感じがした――生理の処置をするために、授業中に教室を出ていかなければならなくて気恥ずかしい思いをするのに、どんなにからかわれようと、〝ナース・スモーキー〟と呼ばれようと、ぜんぜん気にならなかった。これっぽっちも。自分のそんなところがFBIで働くきっかけになったのはわかっている。苦しみの源を、苦しみを引き起こして楽しむ犯罪者たちを追跡しようと決めたきっかけになったのだ。それからの数年間にいろいろ目にして、ある意味でその思いが変わってきたことも知っている。わたしは救済活動を慎重にするようになった。慎重にならざるをえなかった。救急箱はわたしと自分のチームに変わり、絆創膏は手錠と刑務所の監房に変わった。

そんなわけで、トイレでだれかが泣いているとわかると、気恥ずかしさをすっかり忘れ、思い出したようにナプキンをあわててあて、ジーンズを引っぱりあげて個室を飛びだした。すすり泣きがもれてくるドアの前に行った。

「あの――もしもし？　だいじょうぶ？」

すすり泣きはやんだものの、洟をすする音はまだ聞こえてきた。

「あっちへ行ってよ。ほっといて」

わたしはどうしようかと考えながら、もうしばらくそこにつったっていた。

「けがでもしたの？」

「けがなんかしてないわよ！　ほっといてっていったでしょ！」

緊急に傷の手当てをする必要はないとわかると、わたしは声の主のいうとおりトイレを出ていこうとしたが、その瞬間、なにかを感じて思いなおした。運命だ。わたしはおずおずと身をかがめた。「あのう、ねえ……力になれることはない？」

失意の底に沈んだような声が返ってきた。「力になれる人なんかいないわ」沈黙が流れてから、またしてもあの胸を締めつけるようなすすり泣きが聞こえてきた。こんな泣き方は、十五歳の少女にしかできない。ぜったいに無理。感情をいっさい抑えず、これで命がつきるとばかりに心の底から泣いている。

「元気を出して。そんなにつらいわけじゃないでしょ？」

ごそごそ動いている音が聞こえたかと思うと、個室のドアがバタンと開いた。見ると、泣きはらして顔はむくんでいるものの、ブロンドのとてもきれいな女の子が目の前に立っていた。だれなのかすぐにわかり、あっちへ行ってよ、といわれたときに出ていけばよかったと後悔した。アニー・キング。チアリーダーだ。〝例の女の子たち〟のひとりだった。お高くとまっていて、完璧で、美貌と理想的なスタイルを武器に、ハイスクール王国に君臨する女の子たち。当時はそう思っていて、そんな目で見ずにはいられなかった。わたしは人に判断されるのが大嫌いなのに、彼女を勝手に分類し判断していた。アニーは怒っていた。

「あなたになにがわかるっていうの？」怒りに満ちた口調で、矛先《ほこさき》は完全にわたしにむけられていた。わたしは不意をつかれて面食らったまま彼女を見つめていた。唖然《あぜん》とするばかりで怒る気になれなかった。まもなく、彼女の顔がくしゃくしゃになって、浮かんだときよりもすばやく怒りが消えていった。涙が頬を流れていく。「彼がみんなにわたしのパンティーを見せびらかしたの。あんなふうにいってたのに、そんなことをするなんて信じられない」

「なに？　だれが――パンティーがどうしたって？」

ハイスクールの学生でも、見知らぬ相手のほうが話しやすい場合もある。トイレにふたりきりでいたからだろう、彼女はわたしに話しはじめた。アニーは半年近く前から、フットボールチームのクォーターバックとつきあっていた。デイヴィッド・レイボーンはハンサムで成績がよく、アニーのことを本気で大切に思っているようだった。彼は数カ月前から〝最後まで〟いかせてほしいと迫っていたが、アニーはずっと抵抗していた。しかし、デイヴィッドがまじめにつきあってくれるものだから、彼女はついに譲歩することにした。彼はやさしく、思いやりにあふれ、終わると彼女を抱いて、そのひとときの思い出にパンティーをくれないかと頼んだ。だれにもいわない、ふたりだけの小さな秘密にしようといった。ちょっとやんちゃではあるけれど、すてきな感じもする。少しロマンティックでもある。大人になり、いまになって考えると、そんなふうに思うのはバカげている。でも、十五歳のときは……。

「で、練習が終わってグラウンドを離れようとしたら、みんながいたの。フットボールチームの男子たち。デイヴィッドもいて、やじったり意地悪そうな顔をして、みんなでわたしを指さしてたの。そのあと、彼がやったのよ」アニーの顔がまたくしゃくしゃになり、わたしは話のつづきが読めて縮みあがった。「高々と掲げたの。わたしのパンティーを。トロフィーみたいに。それからわたしにむかってにやっと笑って、ウインクしていったの。おれのコレクションのなかでも最高の品だって」

目の前のチアリーダーはふたたび泣きだした。ただし、こんどは身も世もなく泣きふした。膝ががくっと折れたかと思うとわたしにもたれかかり、心が傷ついてもう二度ともとにもどらないと思っているかのように泣きじゃくった。わたしは一瞬（ほんの一瞬）ためらってから、アニーの体に腕をまわし、泣きつづける彼女を抱きしめた。タイル張りの床の上でよく知らない女の子を抱き、髪に唇を押しあて、だいじょうぶだから心配しないでとささやいていた。

数分後、すすり泣きがしずまって洟をすする音に変わり、やがて洟をすする音もしなくなった。アニーはわたしを押しのけて涙をふいた。わたしの顔を見ることができず、ちょっぴり恥ずかしがっているのがわかった。

「ねえ、いい考えがあるの」と、わたしはいった。とっさの思いつきで、説明できる類《たぐ》いのものではないが、まぎれもなく正しい考えだった。「出ていこう。授業を切りあげるのよ」

アニーはわたしを見て目をぐっと細めた。「サボるの？」

わたしはうなずいてにっこりした。「うん。きょうだけ。あなたならそれくらいしてもいいはずよ。そうでしょ？」

わたしはそれ以来ずっと、アニーはわたしが誘ったときと同じようにとっさの思いつきで返事をしたのではないかと考えていた。そのときの彼女はわたしの名前さえ知らなかったのだ。いずれにしても、彼女はわたしにほほえみかえした。こわばった笑みだった。

「オーケー」

わたしたちはそうして知りあった。その日、アニーは（わたしに手ほどきされ）生まれてはじめてマリファナを吸い、一週間ほどのちにチアリーダーをやめた。わたしたちはデイヴィッド・レイボーンに復讐したといいたいところだが、それはかなわなかった。最低の男とうわさされていたにもかかわらず、女の子たちはあいかわらずデイヴィッドに恋こがれ、彼はあいかわらず女の子たちのパンティーをトロフィーがわりに手に入れていた。やがて、デイヴィッドはクォーターバックとしてスター選手になり、大学に進んでからも引きつづき活躍し、さらにNFLの二軍チームでも何シーズンかプレーした。世の中は不公平だということの証《あかし》ともいえるが、デイヴィッドがアニーとわたしを引きあわせてくれたともいえるし、かけがえのないすばらしいことをしてくれたと考えると、彼を許せそうな気さえした。

アニーとわたしは分子レベルで結びついていた。戦闘兵やティーンエイジャーにしかみられない結びつきだった。学校の外では四六時中いっしょにいた。わたしは彼女にマリファナをやめたほうがいいといわれ、成績がさがってきたこともあって、忠告にしたがった。アニーはわたしに説得されてまたデートをするようになった。バスター――わたしが五歳のときから飼っていた犬――を安楽死させなければならなかったときも、アニーはつきそってくれた。彼女のおばあさんが亡くなったときも、わたしはそばにいた。わたしたちはともに車の運転をおぼえ、いっしょに苦境におちいっては窮地を脱し、成長し、大人になっていった。アニーとわたしは、最高に親密な関係のひとつ――子どもから大人になるまでの友情――で結ばれていた。一生忘れないどころか、あの世までもっていくような経験や思い出を分かちあった。

その後どうなったかというと、よくあることが起こった。わたしたちはハイスクールを卒業した。そのころには、わたしはマットとつきあっていた。アニーはある男と出会い、大学に入る前に彼といっしょに車で国をまわることにした。わたしは猶予《ゆうよ》せず、すぐにUCLAに入学した。わたしたちはみんなと同じように、これからもずっと週に二回は連絡をとろうと誓いあい、そのあとはみんなと同じように、それぞれの生活に追われて一年近く話をしなかった。

ある日、大学の教室を出ようとすると……アニーがいた。ワイルドで美しい彼女を見て、わたしは耳もとでギブソンのギターをかき鳴らされたかのように、喜びと痛みとうらやましさを同時に感じた。

「女子大生さん、調子はどう？」茶目っ気たっぷりに瞳をきらきら輝かせながら、アニーがたずねた。

わたしはなにもいわずに彼女を思いっきり抱きしめた。

ランチに出ると、アニーは自分の冒険旅行についてくわしく話してくれた。ふたりはお金をほとんど使わずに五十州をまわって、いろんなものを見たりいろんなことをしたり、セックスはもう一生しなくてもいいと思うくらい、いたるところでしてきたという。アニーは意味深な笑みを浮かべ、片手をテーブルにおいた。

「見て」と、彼女はいった。

アニーの手を見て婚約指輪に気づくと、わたしは彼女の期待どおりにはっと息をのみ、ふたりでクスクス笑いながら将来について話し、彼女の結婚式の計画を立てた。ハイスクール時代にもどったみたいだった。

彼女の結婚式ではわたしが花嫁付き添い人をつとめ、わたしのときは彼女がつとめてくれた。アニーはロバートといっしょにサンフランシスコに引っ越し、マットとわたしはロサンゼルスに残った。歳月が流れたが、わたしたちはかならず時間をつくって六カ月から八カ月に一度は電話をかけあった。そして、おしゃべりをするたびに、またあのころに——若くて自由で楽しかったころに、あの日に——はじめて出会って学校をさぼった日にもどるのだった。

ロバートは奔放《ほんぽう》な人で、そのうちアニーのもとを去ってしまった。それから数年後に、わたしは彼が失敗してみじめな生活を送っていることを期待しつつ、身元調査をしてみた。ところが、彼は交通事故で死亡していた。アニーがなぜ話してくれなかったのかはいまだにわからない。

わたしがＦＢＩで働く――ほんとうに働くという意味で――ようになってから、電話は年に一度になった。やがて、一年半に一度になった。わたしはアニーに頼まれて娘の名づけ親になったものの、恥ずかしながら、その子にはほんの数回しか会っていないし、アニーはわたしの娘に一度も会わなかった。しかたがないと思う。時が流れていったからだ。それだけは永遠に変わらない。

異論を唱《とな》える人もいるかもしれない。だとしても、わたしはかまわない。わかるのは、半年おきだろうと二年おきだろうと、おしゃべりをするときはいつも、時間がたっていないように感じたことだけだ。

三年ほど前に、アニーは父親を亡くした。わたしは彼女のもとへ駆けつけ、一週間くらい泊まりこんで慰めた。というか、慰めようとした。アニーは少し年をとり、疲れきってつらそうだった。しかし、わたしはある皮肉に驚いた――胸を痛め、年をとったせいで、アニーはいちだんと美しくなっていたのだ。葬儀の日の夜に娘を寝かしつけたあと、アニーはわたしとふたりで自分の寝室の床にすわり、わたしが彼女の髪に唇をあてて慰めのことばをささやくあいだ、わたしの腕のなかで泣きつづけた。

マットが死んだとき、彼女からはなんの連絡もなかったが、不思議には思わなかった。アニーには変わったところがあった。ニュースが大嫌いで、新聞でもテレビでも見ようとしなかった。わたしは彼女に事件のことを知らせなかった。なぜなのかはいまでもわからない。

ＦＢＩのオフィスにむかうあいだに、わたしはアニーのことを考えた。彼女が死んだと知ってからの自分の気持ちについて、あれこれ思いをめぐらした。悲しかった。愕然《がくぜん》としていた。けれども、思ったほど衝撃的ではなかった。

オフィスに到着し、自分の青春をことごとく失ったことに気がついた。青春時代の恋人も、青春時代の友人も。なにもかも消えてしまった。マットとアレクサを失った衝撃が大きすぎたのかもしれない。だから、アニーのことはそんなに考えられないのかもしれない。

わたしにはもう、人のための苦悩が残っていないだけかもしれない。

「スモーキー、こんなところでなにをしているんだ？」

そういったのは、かつてわたしの身元保証人だったジョーンズ主任特別捜査官だ。ただし、いまはジョーンズ副支局長になっている。彼が来ていると知って、わたしはびっくりする。彼が仕事熱心ではないとか、前線に足を踏み入れるのをいやがるというのではない。ただたんに、この場にいる必要がなく、つねにスケジュールがびっしりつまっているというだけだ。そんなに急を要する事件なのだろうか？

「キャリーから電話があったんです。アニー・キングのことを伝えてから、犯人からわたし宛てのメッセージがとどいたって教えてくれたんですよ。わたしもみんなといっしょに行きます」

副支局長は首を振る。「いや、だめだ。ぜったいに行かせない。きみは被害者の友人だから、この事件にはかかわれないし、そうでなくても、まだ復職の許可がおりていない」

キャリーが盗み聞きしようとしており、ジョーンズ副支局長もそれに気づく。自分の車のほうを身ぶりで示し、歩きながらたばこに火をつけた。全員が局の建物の前に出てきて、バンナイズ空港にむかう準備をしている。副支局長がたばこの煙を深ぶかと吸いこむのを、わたしはものほしげな顔をして見つめた。たばこをもってくるのを忘れたのだ。

「一本もらえませんか?」

副支局長が驚いて目をまるくする。「やめたと思ってた」

「また吸いはじめたんです」

彼は肩をすくめ、たばこの箱を差しだす。わたしが一本取りだすと、火をつけてくれる。わたしも煙を胸いっぱいに吸いこむ。うまい。

「なあ、スモーキー、ちゃんとわかっているんだろ? きみは長いあいだこの仕事をしているんだからな。精神科医は捜査官たちから聞いた話の内容をもらすことはけっしてないが、月に一回、報告書を提出する。患者たちがなにをしようとしているか考えて、その概要を知らせてくるんだ」

わたしはうなずく。それが事実なのは知っているし、侵害の一種だと考えているわけではない。プライバシーや権利の問題ではない。わたしがFBIの一員として働けるかどうか

——あるいは銃を握れるかどうか——の問題なのだ。

「じつは、きのう報告書がとどいてね。きみの場合はまだ道のりが遠く、復帰のめどは立っていないとのことだった。以上。なのに、朝の六時にやってきて、友人が殺害されたから現場に行きたいだと？」ジョーンズ副支局長は激しくかぶりを振る。「さっきいったとおりだ。ぜったいに行かせない」

わたしはたばこを吸って、指にはさんだまま副支局長を見つめ、どう応じればいいかを考える。彼がここにいる理由に気がつく。わたしのせいだ。犯人がわたしにメッセージを送ってきたから。心配しているからだ。

「副支局長、アニー・キングは友だちだったんです。彼女の娘は生きていてサンフランシスコにいます。父親を亡くし、身寄りがないんです。わたしは後見人なんですよ。いずれにしても、サンフランシスコに飛ぶことになります。局の好意で飛行機に乗せてもらいたいと頼んでるだけなんです」

それを聞いて、ジョーンズ副支局長はたばこの煙にむせて咳きこむ。「ゲホッ、いいかげんにしろ！　よく考えたな。だが、バレット捜査官、きみはだれにむかって話してると思っているんだ？　わたしはごまかされないぞ。友人を亡くし——それは気の毒だと思ってる——きみは現場に行って事件を担当しようとしてるにちがいない。そうにきまってる。だが、そんなことはさせられない。その一、きみは個人的な関係がある。つまり、最初から除外されるわけだ。マニュアルにも明記されてる。その二、きみには自殺願望があると思われる。そんな状態で現場に行かせるわけにはいかない」

わたしは口をぽかんと開ける。ことばは怒りと羞恥《しゅうち》に満ちている。「そんな！　わたしは〝自殺を考えてます〟って書いた札を首からぶらさげてるとでもいうんですか？」

ジョーンズ副支局長のまなざしがやわらぐ。「まさか。札なんかないよ。きみの身に起こったことの半分でも経験したら、だれだって考えると思っただけだ」たばこを歩道に投げ捨て、わたしの顔を見ずに話をつづける。「一度だけだが、わたしも銃口をくわえようと思ったことがあるんだよ」

ランチのときのキャリーを見たときと同じように、わたしは口がきけなくなる。ジョーンズ副支局長はそれに気づいてうなずく。「うそじゃない。二十五年ほど前、ロス市警にいたときに相棒を失ってね。彼が亡くなったのは、わたしが判断を誤ったせいだ。掩護《えんご》なしに建物に入っていったんだが、ふたりではとうてい太刀《たち》打ちできなかった。相棒はその犠牲になったんだよ。家庭を大事にする男で、妻に愛される夫、三人の子どもの父親でもあった。自分の責任だっただけに、わたしはそれから八カ月近く、なんとか不公平を正そうとした」副支局長はこちらをむいたが、目にあわれみは浮かんでいない。「きみは首から札をぶらさげてなんかいないよ、スモーキー。たいていの人間は、もし自分がきみの立場にいたら、いまごろはもう、自分の脳みそを吹きとばしてるだろうと考えるということだ」

まったくジョーンズ副支局長らしい。よけいな話もしなければ、遠まわしないい方もしない。彼にはそういうのがしっくり合う。副支局長が相手だと、どんなときでも自分の立場がはっきりわかる。どんなときでも。

わたしは目を合わせることができない。吸いかけのたばこを落とし、踏んで消す。つぎになにをいうべきか慎重に考えているのだ。「副支局長、そんなふうにいってくださってありがとうございます。なにもかもおっしゃるとおりです。たったひとつの点を除いて」わたしは顔をあげてジョーンズ副支局長を見る。これから話そうとしていることを聞くときには、わたしの目を見てことばの信憑性《しんぴょうせい》を判断したいだろうと思ったからだ。「そのことはたしかに考えました。ずいぶん考えました。でも、きょうは？　きょう、わたしははじめて、自分はぜったいにしないと確信したんです。どうして気が変わったのかわかりますか？」石段にたたずんで待っているチームの仲間を指さす。「事件後はじめてあの人たちに会ってきたんです。会いにいったら、あの人たちはあいかわらずあそこにいて、わたしをあたたかく迎えてくれました。まあ、ジェームズについてはまだわかりませんが――重要なのは、だれもわたしをあわれんだり、つぎはぎだらけの役立たずみたいな気分にさせたりしなかったことです。もう自殺したい衝動にかられることなんかありません。それだけははっきりいえます。だからこそ、わたしは捜査局にもどってきたんです」ジョーンズ副支局長は耳をかたむけている。説得できたかどうかはわからないが、注意を引いたのはたしかだ。「もちろん、NC

AVCの主任として復帰できるわけではありません。なんであれ、戦術をたてる立場に復帰する準備はまったくできていません。ためしにやらせてほしいといってるだけなんです。サンフランシスコに行って、ボニーがちゃんと世話をしてもらってるかどうかたしかめ、ちょっとだけ捜査をさせてください。いままでどおり、リーダーはキャリーにつとめてもらいます。銃はもっていきません。無理だと思ったらすぐに引きあげます。約束します」

ジョーンズ副支局長は両手をコートのポケットにつっこみ、険しい目でわたしを見つめつづける。真剣に観察している。あらゆる可能性と危険性を検討しているのだろう。やがて、視線をそらし、ため息をつくのを見て、彼を説得できたとわかる。

「後悔するのは目に見えているが、まあ、いいだろう。それじゃ、こうしてもらおうか。サンフランシスコに行って、被害者の娘を引きとり、現場を見てまわる。自分の意見をチームに伝えるのはかまわない。だが、捜査を取りしきるわけじゃない。少しでも動揺したら、さっさと手を引け。いいな、スモーキー。きみにはいつかかならず復帰してもらう必要がある。といっても、誤解しないでくれ。完全なかたちで復帰してもらわなければならない。要するに、いますぐじゃなくてもいいということだ。わかるな？」

わたしは幼い子どもか新兵よろしくこっくりとうなずいてみせる。はい、わかりました。了解。わたしは行くことになった。重要なことだと思う。勝利といってもいい。ジョーンズ副支局長が片手をあげて振り、キャリーを呼びよせる。彼女がやってくると、わたしに話したことを伝える。

「わかったか?」と、厳しい調子で訊く。

「はい、わかりました」

ジョーンズ副支局長は最後にもう一度わたしに視線を投げかける。「飛行機に乗りおくれるぞ。早く行け」

副支局長の考えが変わらないうちに、わたしはキャリーとともに離れていく。

「うまくいったわね、ハニー。どうやっていいくるめたのか教えてほしいくらい」と、キャリーが小声でいう。「とにかく、リーダーはあなたよ。いやだっていわないかぎり」

わたしはなにもいわない。物思いにふけっている。チームにもどったりして、取り返しのつかないあやまちを犯したのではないだろうか?

9

「いつから専用機なんか使わせてもらえるようになったの?」と、わたしは訊く。

「児童誘拐が二件あって、ひとりを無事保護したって話したの、おぼえてるでしょ?」と、キャリーがいう。

わたしはうなずく。

「保護された少女の父親がドン・プラマーという人で、小さな飛行機会社の社長なの。飛行機を売ったり、航空学校を経営したり、そんな感じのことをしてるのよ。で、局にジェット機を寄付してくれるっていったんだけど、それはもちろん断わらざるをえなかった。そしたら——催促《さいそく》したわけじゃないのに——長官に手紙を書いて、必要なときにはいつでも低料金でジェット機を使えるようにしてやってほしいって掛けあってくれたのよ」キャリーは肩をすくめ、機内を身ぶりで示す。「というわけで、至急どこかへ行く必要がある場合は……」

チームに新しいメンバーがくわわり、この便に乗っている。若い子で、FBIのイメージにまったくそぐわない。片耳にピアスをしてガムをクチャクチャ嚙んでいたほうが、よっぽど似合っている。目をぐっと細めてみて、左の耳たぶにピアスホールがあいているのがわかる。やれやれ。オフの日はほんとうにピアスをしているのかもしれない。前もって聞いた話によると、コンピュータ犯罪課から一時的に貸しだされてきたという。くしゃくしゃの髪に寝ぼけた顔をして、みんなから少し離れた席にすわっている。まるで部外者だ。

わたしは機内を見まわす。「アランは？」

客室の前のほうから答えが返ってくる。うなり声といったほうがいい。「ここにいる」それしかいわない。

わたしは眉をあげてキャリーを見る。彼女は肩をすくめる。

「なんかいらついてるみたい。オフィスについたときから機嫌が悪かったの」彼女はアランのほうをながめてから首を振る。「しばらくそっとしておいたほうがよさそうね、ハニー」

わたしはなんとかしたくて、アランがすわっている暗がりを見つめる。でも、やはりキャリーのいうとおりだ。それに、事件のことを聞いておく必要がある。

「状況を説明して」と、わたしはいう。「わかってることは？」

そういってジェームズのほうをむく。彼がこちらをむいて見つめかえしてきたとたん、目が敵意でぎらぎらしているのがわかる。不満を放射している。

「あんたはここにいちゃいけないはずだ」と、彼がいう。

わたしは腕組みをしてジェームズを見すえる。「でも、いるんだからしかたがないでしょ？」

「捜査の邪魔だ。足手まといになる」といって首を振る。「どうせ、精神科医の許可だって得ていないんだろ？」

キャリーは黙っている。ありがたい。これは重要な瞬間で、自分で決着をつけなければならない。

「ジョーンズ副支局長が許可してくれたの」わたしはジェームズにむかって顔をしかめる。「ちょっと、ジェームズ、アニー・キングはわたしの友だちなのよ」

彼がわたしを指さす。「それもあんたがここにいちゃいけない理由のひとつだ。他人ごとではすまなくなって、捜査を台なしにするにきまってる」

近くに部外者がいてこのやりとりを聞いていたら、青ざめるにちがいない。ジェームズがじっさいにそんなことばを口にしているなんて信じられないだろう。わたしは慣れている——ある程度は。これがジェームズなのだ。彼はこんなことをいい、こんなことをする。しかも、わたしには効き目がある。心のなかでなにかが動いているのがわかる。なじみのある冷たさ——ジェームズを相手にするとき、いうことをきかせるときにいつも使っていた冷たさだ。わたしはその冷たさをしっかりとらえ、自分の目ににじませる。

「わたしはここにいるの。帰るつもりはないわ。観念して、事件のことをくわしく説明しなさい。逆らわないで」

ジェームズは動きをとめてわたしをしげしげと見る。肩の力を抜いて座席にもたれる。一度だけ不満げに首を振ったものの、降伏したのがわかる。「わかった。けど、局の方針にはなはだしく反する行為だと思うってことは、言明しておく」

「心にとめておきます」わたしは痛烈な皮肉をこめていい、彼の冷淡さを鈍らせる。

「わかった」ジェームズの目の焦点が定まらなくなってくる。目の前にファイルがなくても、コンピュータ並みの頭脳が事実をずらりと並べていく。「遺体はきのう発見された。殺害されたのは、その三日前とみられる」

わたしはびくっとする。「三日前？」

「そうだ」

「遺体が発見されたときの状況は？　場所は？」

「サンフランシスコ市警にEメールがとどいたんだ。写真が添付されていた。被害者の写真だ。警察が調べにいって、遺体と子どもを発見した」

胸のなかで心臓が激しく鳴りだし、胃酸がかきまわされているような感じがする。すっぱいげっぷが出そうになっている。「娘は母親の遺体と三日間もいっしょにいたっていう意味？」無意識のうちに大きな声を出している。どなり声ではないが、それに近い。ジェームズは落ちつきはらった顔でわたしを見る。事実を伝えているだけなのだ。

「いっしょにいたが、それだけじゃない。犯人は娘を母親の遺体に縛りつけていったんだ。むかいあわせに。そのまま三日間、彼女は縛りつけられていたんだ」

頭に血がのぼって気を失いそうになる。音はしないが、ひどいげっぷがあがってきた。味がする。わたしは額に手をあてた。

「ボニーはどこにいるの?」

「地元の病院に収容されてる。警備つきで。昏迷状態におちいってる。発見されてからひとことも発していない」

沈黙が流れる。キャリーがそれを破る。

「それだけじゃないのよ、ハニー。着陸する前に聞いてもらわないといけないことがほかにもあるの。心がまえができていないと、あなたは不意を打たれることになるわ」

想像しただけで気が滅入る。毎晩眠りにつくときみたいに気が滅入る。それでも、おのれをしっかり保ち、滅入る気持ちを振りはらう。だれにも気づかれませんようにと願いながら。「聞くわ。なにもかも話して」

「三つあるから、ひとつずつ話していくわね。まず、アニーは娘をあなたに遺《のこ》していったの。犯人が彼女の遺言状をさがしだして、わたしたちがかならず見つけるように、遺体のそばにおいてったのよ。あなたは後見人に指名されてるの。つぎに、あなたの友だちはインターネットでアダルトサイトを運営していて、自分自身を登場させてた。もうひとつ、犯人が警察に送ったEメールには、あなた宛てのメッセージが添付されてたの」

わたしは思わず口をぽかんと開ける。打ちのめされた気がする。キャリーはしゃべっただけなのに、ゴルフクラブをつかんでわたしをなぐりつけたような感じだ。頭がくらくらする。ショックをうけながらも、わたしは利己的な気持ちになる。恥ずかしいと思うが、その気持ちにすがりつく。チームの仲間の前ではぜったいに自制心を失いたくない。みんなに、とくにジェームズに、どんな目で見られるかと思うと不安になる。利己的なのはわかっている。でも、わたしはそれを認め、自制心を保つのに使える道具と見なした。

わたしを支配しようともがくショックや悲しみと闘い、どうにか脇へ押しやって口を開く。出てきた声にびっくりする――抑揚がなく、しっかりしていた。

「ひとつずつ取りあげさせて。最初の問題は、自分で処理する。つぎに移らせて。つまり、彼女はなんていうか……ネット上で売春をしてたという意味？」

だれかが不意に声をあげる。「いえ、ちがいます。それはまったく正確じゃありません」

コンピュータ犯罪課の若者だ。ミスター・ピアス。わたしは彼のほうをむく。

「名前は？」

「レオ。レオ・カーンズです。ぼくが貸しだされてきたのは、例のEメールのためなんですけど、あなたの友だちがやってたことのためでもあるんです」

わたしは彼をあらためて見つめる。レオは動じることなくわたしを見つめかえす。なかなかの美形で、二十四、五歳といったところだろうか。黒い髪、落ちつきのあるまなざし。

「それで？ さっき、正確じゃないといったでしょ？ 説明して」

レオがむこうから移ってきて、近くの座席に腰をおろす。輪のなかに招かれ、チャンスに飛びつく。だれだって仲間に入りたいだろう。「説明といっても、ちょっと長くなるんですけど」

「時間はたっぷりあるわ。話して」

彼がうなずく。喜んでいるとみえ、目がきらきらと輝きだす。コンピュータは彼の得意分野、夢中になっていることなのだ。「それを理解するには、インターネット上のポルノは、〝現実の世界〟のポルノとはまったくべつのサブカルチャーだということを理解してもらわないといけません」座席に背をあずけてリラックスし、自分が熟知しているテーマについて講義する準備をする。彼にスポットライトがあたっているひとときで、わたしにとってはありがたい。おかげで、考えをまとめたり気をしずめたりする余裕ができる。それに、死んだ母親の顔を三日間も見つめていたボニー以外のことも考えられる。

「つづけて」

「一九七八年ごろから、〝BBS〟――電子掲示板――と呼ばれるものが登場しました。正式には〝コンピュータ化電子掲示板〟です。BBSは初の非政府運営の公開アクセスネットワークでした。モデムとコンピュータさえあれば、メッセージを掲示したりファイルを共有したりできたんです。いうまでもなく、当時のユーザーは科学者やきわめつきのオタクばかりでした。でも、なぜこんなことを話すかというと、ＢＢＳがのちにポルノ画像を掲示する場になったからなんです。画像を共有する、交換する、なんでもできるようになったわけです。しかも、その時点というのはまだ、いうなれば西部開拓どころか、アメリカ大陸発見前の時代なんですよ。監視、取り締まりはいっさいなし。ポルノ好きのユーザーにとっては重要なことなんです。というのは――」

ジェームズが口をはさむ。「無料で、プライバシーが保てるからだ」

レオがにやりと笑って元気よくうなずく。「そのとおり！　ポルノショップの裏口からこそこそ入っていって、買ったものを紙袋につめこんでもらう必要もありません。自分の寝室のドアをロックし、ポルノ画像をダウンロードすればいい。だれかに見つかったらどうしようなんていう不安もなし。だからこそ、大人気になった。そのころはＢＢＳしかなかったけど、そこらじゅうＢＢＳだらけに、掲示板はポルノだらけになったんです。

インターネットが進化してウェブサイトとかブラウザとか〝ドットコム〟とか、そんなのが出てくると、ＢＢＳは少しずつ減っていく。ＢＢＳは基本的に掲示のためのもので、画像を見られるのはダウンロード後だった。ところが、いまはウェブサイトがあり、接続すると同時に見ることができる。すると、ポルノはどうなる？」レオはにっこりする。「じっさいはどうなったかというと、ふたつの部分になったんです。頭のいいビジネスマン――すでに金をもっていて、ネット上でアダルトサイトを展開しはじめた人たち――が出てきた。なかにはオーディオテキスト業界出身の人もいて――」

「オーディオテキスト?」と、わたしはさえぎる。

「あっ、すみません。テレフォンセックスですよ。彼らはテレフォンセックスで大もうけしてた連中で、ウェブサイトを見て、ポルノ産業にもチャンスがあると気づいたんです。一般男性の要望にこたえ、非公開、有料視聴制で、マスターベーション用の画像をとどける。彼らは大金をつぎこんで既存のポルノ画像を購入しました。無数の画像を取りこんで、ウェブサイトに掲示したんです。画像を見るには、クレジットカードを使う必要がある。ポルノ業界はそこから変わったんです」

キャリーがけげんそうに顔をしかめる。「変わったって、どういう意味?」

「これから説明します。要するに、そのころまで、ポルノは〝本人が直接かかわる〟タイプの産業だったんです。たとえば、アダルトビデオを売っていたら、その人は業界にどっぷり浸かってることになる。いいかえれば、撮影現場に出むき、目の前でくりひろげられるセックスを見たことがあり、業界の人たちを知っていて、自分自身がカメラの前に立った経験さえある人たちの業界だったわけです。むかしから密接に結びついている小さなグループだったんですよ。ところが、ウェブサイトのほうはというと、初期の連中はまったく新しいタイプだった。じっさいに画像を制作する側とは、ひとつへだたりがあったんです。連中は金をもっていて、ポルノ制作者に金を払って画像を買った。それをウェブサイトにのせ、料金を請求して見せるようになったんです。ね、ちがいがわかるでしょ？　この連中は、従来の意味ではポルノ制作者じゃない。ビジネスマンなんです。マーケティングプランからオフィスやスタッフにいたるまで、なにからなにまでそろってる。社会の低俗な落ちこぼれというイメージはなくなった。それに、すごくもうかった。初期の企業のなかには、いまや年間八千万から一億ドルを稼ぎだすところもあるくらいです」

「ワオ」と、キャリーがいう。レオがうなずく。

「そう、ワオなんです。ぼくらにとっては、どうでもいいことに思えるかもしれないけど、ポルノの歴史を徹底的に調べてみると、ここで時代を画する大きな変化があったことがわかります。率直にいうと？　八〇年代はじめにポルノを制作してたのは、ほとんどが七〇年代からつづけてた人たちなんです。ドラッグとか乱交とか、お決まりのことをやってた連中ですよ。それじゃ、インターネット時代の人たちは？　大半は、夫婦スワッピングやフェラチオをしてもらいながらコカインをやるなんてこととは無縁の人たちです。ポルノの撮影現場に行ったこともない。ビジネススーツに身を包み、最新技術を駆使して何億と稼ぐ連中です。彼らのおかげで、ポルノは、なんていうか、まともな商売になった。まあ、ポルノに関するかぎりですけど」

「最初に〝ふたつの部分〟といってたけど、もうひとつは？」

「そういうビジネスマンたちがみずからの帝国を築きあげていく一方で、もうひとつの〝アダルト革命〟が起こっていたんです。こちらは草の根レベルで進んでいました。プロのポルノスターの画像を集めたウェブサイトとちがって、女性やカップルが自分自身や実生活の型破りなセックスを中心にサイトをつくっていたんです。この人たちはポルノで生計を立てようとしてたわけじゃない。趣味でやってたんですよ。彼らは露出に快感をおぼえた。〝素人ポルノ〟と呼ばれてたんです」

キャリーがあきれて目をぐるりとまわす。「わたしたちは世間知らずの子どもじゃないのよ、ハニー。素人ポルノぐらい知ってるわ。〝となりのお姉さん〟とか乱交パーティーもね」

「あっ、すみません。つい講義モードに入っちゃって。どんな関連があるかというと、その種のポルノも、〝プロ・ポルノ〟と同じくらい人気が高かったんです。人気がありすぎて、女性やカップルたちは、無料では――趣味では――つづけられなくなった。ウェブサイトへのアクセス数が急増して、すごくコストがかかるようになったんですよ。そこで、彼らも料金を請求するようになった。早くから有料化をはじめたほんのひと握りの人たちは、何百万ドルも稼ぎました。さらに――ここが重要な点で、どうしても理解してもらわないといけないんですけど――彼らはポルノ業界の人間ではなかったんです。アダルトビデオ業界の人なんてひとりも知らなかった。雑誌にのったこともなければ、アダルト専門店のビデオに出たこともない。金もうけではなく、楽しみのためにやってた人たちなんです。

これを健全なあり方だと考えるかどうかはべつとして、じつはポルノ業界の内部にまったくあらたな一群が生みだされたんです。ママやパパたち、PTAのメンバー。秘密の生活を送り、しかも世間に自分たちの姿を見せびらかして荒稼ぎする」レオはこちらをむく。「というわけで、正確じゃないといったのは、そういう意味なんです。ぼくはあなたの友だちのウェブサイトを見ました。ポルノといっても、ソフトコアです。つまり、セックスはなし。たしかに、マスターベーションをしたり、大人のおもちゃを使ったり……まあ、そんな感じのことはしてました。視聴料は請求してたし、かならずしもいいことだとは思わないけど――とにかく、彼女は売春をしてたわけじゃない」レオはしばらくいいよどむ。「というか、考えてみると、だからって慰めになるかどうかわからないけど……」

わたしは力なくほほえんでみせる。目を閉じる。「理解するのはとてもむずかしいわ、レオ。いろんなことを知って、自分がどう感じてるのかよくわからない。けど、そうね。やっぱり慰めになると思う」

頭が回転している。くるくる、くるくる、くるくる回転する。アニーが自分で選んだ仕事とはいえ、ヌードでポーズをとる彼女のことを考える。世間の人たちはどんな秘密をもっているのだろう？　アニーはむかしからきれいだった。むかしからちょっと奔放なところがあった。わたしはセックスがらみの秘密ならいくらでも知っており、どんなことを聞いても驚かない。でも、これは――これにはぶちのめされる。ひとつには、自分のなかに相反する感情が共存していて、葛藤をくりひろげているせいかもしれない。

呼びこんだわけではないのに、ふと、あるシーンが頭のなかに流れこんできた。マットもわたしも二十六歳だった。その年のセックスは、すばらしいとしかいいようがなかった。わたしたちの家のなかで、セックスの洗礼をうけていない場所はどこにもなかった。まだためしていない体位はひとつもなかった。わたしのランジェリーコレクションは一気に増えていった。なによりもすばらしいのは、わたしたちが努力してそんなふうになったのではないことだ。刺激的にしようと努力していたわけではない――特別なことをしなくても刺激的だった。わたしたちはたがいに夢中になっていて、快楽にふけって戯《たわむ》れていた。

セックスに関しては、いつだってわたしのほうが大胆だった。マットは控えめでおとなしかった。しかし、ことわざにもあるように――能ある鷹《たか》は爪を隠す。彼はわたしのあとにつづいて、ためらいもなく未知の領域に踏みこんでいくことができた。わたしのとなりで月にむかって大声で吠えるのだ。それもわたしの好きなところのひとつだった。マットはやさしくてすてきな男だった。それでもわたしが求めれば、急に態度を変え、荒々しく、謎めいていて、ちょっぴり危険な男に変身することもできた。彼はつねにわたしの英雄だった。でも……少しだけワルになってほしくなるときもあり、マットはかならず願いをきいてくれた。

わたしたちはいまどきの夫婦だった。ふたりでエッチな映画を見ることもあった。わたしが無理に頼みこんでアダルトサイトを見たこともある。そんなときはかならず彼のハンドルネームを使った。自分自身が捜査官《ビッグブラザー》なのに、わたしは監視の目《ビッグブラザー》がこわくてたまらなかったのだ。FBIのイメージをけがすわけにはいかなかった。だから、エロ画像はいつもマットのハンドルネームで見ていた。わたしはそのことでマットをからかってエロおやじ呼ばわりした。

　わたしたちはデジタルカメラをもっていた。その年のある晩、マットが出かけているときに、わたしはふと衝動にかられた。服を脱ぎすてて裸になり、首から下のヌード写真を何枚か撮ったのだ。正気を失った人みたいにクスクス笑い、ドキドキしながら、その手のものを集めているウェブサイトに写真を送った。マットが帰ってきたころには、ちゃんと服を着ておとなしくしていた。

　一週間がすぎ、写真のことはすっかり忘れていた。ある事件の捜査に没頭していたのだ。マット、食事、睡眠、セックス。それ以外はわたしの頭のなかに入りこむ余地がなかった。疲労困憊《こんぱい》して遅い時間に帰宅し、体を引きずるようにして寝室にあがっていった。マットはベッドに寝ていた。頭のうしろで手を組み、目になんとも奇妙な表情を浮かべていた。

「おれに話していないことがあるんじゃないか？」

　わたしはわけがわからずに動きをとめた。心あたりがなかった。「べつにないけど、どうして？」

「来いよ」マットはベッドを出ると、わたしの前を通って書斎にむかった。わたしはなんだろうと思いながらついていった。彼はコンピュータのあるデスクの前に腰をおろした。マウスを動かすと、スクリーンセーバーが消えた。

わたしは画像を見て赤面した。顔から火が出るとは、ああいうことをいうのだろう。目の前のスクリーンに映しだされているのはあるウェブサイトのページで、みなさん見てくださいといわんばかりに、わたしの撮った写真が掲載されていた。マットが椅子をまわしてこちらをむいた。こわばった笑みを浮かべている。

「メールが来たんだ。きみの送った写真がすごく気に入ったらしい」

わたしは口ごもった。顔がますます赤くなる。興奮してきたのがわかるにつれ、もっと赤くなった。

「こんなのはもうやめたほうがいいよ、スモーキー……首から下だろうとなんだろうと、賢明なこととは思えない。むしろ、愚かなことだよ。だれかに見つかったら、即刻クビになる」

わたしは顔を真っ赤にしたまま、マットを見つめてうなずいた。「そうね。というか、あなたのいうとおりよ。もうやらない。でも……」

彼は眉を大きくあげた。その表情を見るたびに、なんてセクシーなんだろうと思った。

「でも……？」

「とりあえず――セックスしない？」

わたしは服を脱ぎすて、彼も服を脱ぎすて、ふたりそろって月にむかって吠えた。その夜、眠りにつく直前にマットがおもしろいことをいったのだが、いま思い出すと胸が締めつけられる。彼は眠そうな目をしてにやりと笑った。

「どうしたの？」と、わたしは訊いた。

「ＦＢＩも変わったもんだな。おやじたちの時代とは大ちがいだと思わないか？」

わたしがクスクス笑いだすと、マットも笑いだし、わたしたちはもう一度愛しあってから、たがいに寄りそって眠りに落ちていった。

ＦＢＩの公的立場がどんなものだろうと、わたしは大人たちの害のない脱線に批判的ではない。わたしは命の終わりを年じゅう目にしている。おっぱいを見せられたくらいでは興奮しない。しかしだからといって、わたしにウェブサイトを運営し、自分の股間にいろんなものをつっこんで見せることができるかといわれると、それはとんでもない話だ。アニーが手に入れたのは金だけではなかったのだろうか？　それとも、金だけが目的だったのだろうか？　彼女の性格を考えると、金だけではなさそうな気がする。アニーは奔放な生き方をしていた。天高く舞いあがり、太陽に近づきすぎた女性イカルスだったのだ。

わたしは身震いして夢想を振りはらう。もしかしたら、知らないうちに時間がたっていたのではないだろうか？　ショックをうけ、話の途中で黙りこんで遠くを見つめるような人間になってしまったのではないだろうか？　気がつくと、ジェームズがわたしをまじまじと見ている。どういうわけか、ジェームズ——よりによって——に、サイトに掲載された写真のことを嗅ぎつけられる場面が脳裏をよぎり、根拠のない恐怖に襲われる。そんなことになったら、ほんとうに自殺するしかないだろう。

「どうやら、ほんとによく知ってるみたいね、レオ。コンピュータ関係はあなたにまかせるわ。どうせなら、スーパーオタクであってほしいわね」

「ウルトラスーパーオタクですよ」レオはにやりと笑う。

「それじゃ、メッセージについて話して」

キャリーがショルダーバッグに手を伸ばして開き、フォルダーからプリントアウトを取りだしてわたしに差しだす。

「これ、読んだの？」わたしはジェームズに訊く。

「読んだ」といって口ごもる。「かなり……興味ぶかい」

わたしは彼と目を合わせてうなずき、以心伝心を感じる。潤滑油とボールベアリング。わたしたちはそこでつながり、たがいにちがうことを感じたりいったりする可能性もあるが、ジェームズはわたしの考えを知りたがる。

わたしはメッセージのことばに神経を集中させて読んでいく。犯人の頭のなかに入りこむ必要がある。これは犯人が深く考えて書いたことばなのだ。わたしたちにとって、このメッセージは計りしれない価値がある。読み解くことができれば、犯人に関するさまざまな手がかりをあたえてくれる。

〝スモーキー・J・バレット特別捜査官へ

ほんとうはきみだけに読んでもらいたいのだが、捜査となると、FBIがプライバシーを重んじないのは承知している。ドアは開け放たれ、日よけは巻きあげられ、影はことごとく追いはらわれる。

まず最初に、きみの友人を殺害してから警察に彼女の死を知らせるまでに時間がかかってしまったことをあやまりたい。しかたがなかったんだ。あれやこれや準備するのに時間が必要だったんでね。きみにはなんでも正直に打ちあけるつもりなんだよ、バレット捜査官。だから、これについてもうそはつかない。時間が必要だったというのがおもな原因になっているのはほんとうだが、娘のボニーのことを考えていたのもたしかだ。三日間にわたって母親の死体とむきあい、生気を失った目を見つめ、腐敗がはじまるとそのにおいを嗅いでいた。そう思うと、スリルを感じてぞくぞくしたよ。

そんな経験をして、あの子は立ちなおれるだろうか？　それとも、死ぬまで悩まされつづけるだろうか？　あるいは思いのほか近いうちに、自分の手で――かみそりの刃か睡眠薬で――悪夢を追いはらおうとする日が訪れるのだろうか？　答えはその時がこなければわからないが、想像するだけで心がはずむ。

これもそうじゃない――ボニーには指一本ふれなかった。わたしは人の苦しみが大好きなんだ。その典型といっていいだろう。子どものレイプについては、道徳上よろしくないと考えているわけではないが、わたしはさほど魅力を感じない。ボニーは、少なくとも肉体的には、純潔なままだ。あの子を精神的にレイプするほうが、はるかに充実感を味わえた。

きみは死から目をそむけられない人間のひとりだから、友人のアニー・キングの死について話しておこう。彼女はすぐには死ななかった。ひどく苦しんだ。命乞いをした。どちらも愉快で刺激的だったよ。バレット捜査官、それを知って、きみはわたしに関するリストのどの項目にチェックをつけるだろうか？

手を貸してあげよう。

わたしは子どものころに性的虐待をうけたわけでも、暴力をふるわれたわけでもない。夜尿症に悩んでいたわけでも、小動物をいじめたわけでもない。もっと純粋なんだ。忘れ形見なんだよ。こんなことをするのは、ある血筋を引いているから、超一流の血をうけついでいるからなんだ。

わたしはまさしくこのために生まれてきたんだ。ところでバレット捜査官、つぎのことばを読む覚悟はできているかな？　きみは鼻で笑うだろうが、まあ、教えてやろう。

わたしは切り裂きジャックの直系血族なんだ。

さあ、どうだね？　きみはあきれて首を振りながらこのメッセージを読んでいることだろう。わたしのことを頭のいかれたやつと決めつけ、だれかの声を聞き、神から命令をうけて動いているのだろうと考えているにちがいない。

そんな誤解は近いうちに解けるはずだ。いまのところは、これだけいっておく——きみの友人のアニー・キングは娼婦だった。インターネット時代の娼婦だ。断末魔の叫びをあげて死ぬことになったのも無理はない。娼婦はこの世をむしばむ癌で、彼女も例外ではなかった。

アニー・キングは最初だった。最後にはならない。

わたしは先祖の志《こころざし》を継いでいく。彼と同じように、わたしもつかまらない。彼と同じように、わたしの行為も歴史に残る。そこで、先祖のジャックを追ったアバーライン警部の役をきみに頼みたいんだが、引きうけてもらえるだろうか？

きみが承知してくれることを心から願っている。

それから、ボニーに会いにいってくれ。きみが新しい母親になったからには、ふたりで夜中に悲鳴をあげて目をさますといい。

忘れるな——わたしは謎の声にあやつられているわけでも、神の命令をうけているわけでもない。胸の鼓動に耳をかたむけるだけで、自分が何者かわかるのだ。

地獄《フロム・ヘル》より
ジャック・ジュニア〃

メッセージを読み終えてからも、わたしは無言のままじっとしている。「たいしたメッセージね」

「どうせまた頭のいかれたやつよ」キャリーの口調は軽蔑に満ちている。

わたしは口をすぼめる。「ちがうような気がする。そんなんじゃないと思う」頭をはっきりさせようとして首を振り、ジェームズのほうをむく。「これについてはあとで話をさせて。しばらく考えたいの」

ジェームズがうなずく。「了解。それと、最終的な結論を出す前に現場を見ておきたいんだ」

また例の以心伝心。同感だ。事件の起こった場所に行く必要がある。殺害現場に立ってみないといけない。犯人のにおいを嗅がないと。

「そういえば」と、わたしはいう。「サンフランシスコ市警でこの事件を担当してるのはだれなの？」

「あんたの友だちのジェニファー・チャンだ」客室の前方からアランの太い声が響いてびくっとする。「ゆうべ彼女と話したんだよ。あんたが来るのは知らないはずだ」

「ジェニーね。ありがたいわ。いちばん頼りになる刑事のひとりだから」ジェニファー・チャン刑事と出会ったのは、六年近く前の事件を扱ったときだ。年はわたしと同じくらい。非常に有能で、わたし好みの辛辣なユーモアのセンスをもっている。「捜査はどこまで進んでるの？　現場はもう調べはじめたの？」

「やったよ」アランが通路を歩いてきて、近くの座席に腰をおろす。「ジェニファー・チャンの指揮のもとで、サンフランシスコ市警の鑑識がくまなく調べたそうだ。ジェニーとは午前零時にもう一度話をした。遺体を検死官のところに運びこみ、写真を撮り終えて、鑑識は引きあげたあとだった。繊維、足跡、なにからなにまで調べ終わってたよ。人使いの荒い女だ」

「わたしの記憶どおりよ。コンピュータのほうは？」

「指紋を採取しただけで、さわってはいない」アランは親指をレオのほうへ倒す。「このオタクが、あとは自分にまかせてくれっていったんだ」

わたしはレオを見てうなずく。「で、どうするつもり？」

「とりあえずは簡単な作業だけ。パソコンをざっと調べて、ハードディスクのデータを消去する仕掛けがセットされていないかどうか調べるとか、そんな感じのことをします。急を要するものをさがしてみます。くわしいことについては、オフィスにもちかえって本腰を入れて調べないとわかりません」

「頼むわね、レオ。アニーのコンピュータを徹底的に調べてちょうだい。ファイルはひとつ残らず見つけだして。削除ずみのアイテムも。Eメール、画像をふくめ、手がかりになりそうなものはなんでも――どんなものでも――さがしだして。犯人はインターネットを通じてアニーを見つけたのよ。つまり、最初の武器はコンピュータってことになる」

レオが手をこすりあわせる。「まかせてください」

「アラン、あなたはいつもどおりにやって。サンフランシスコ市警が手に入れた報告書や調査結果をまとめて、仮説を立ててみて」

「わかった」

わたしはキャリーのほうをむく。「鑑識を頼むわ。優秀な人たちだけど、あなたのほうが上よ。感じよくしてね。けど、邪魔な人がいて引っこんでてほしいと思ったら……」といって肩をすくめる。

キャリーがにっこりする。「だいじょうぶ。得意だから」

「ジェームズ、あなたは検死官のところへ行って。圧力をかけるのよ。きょうじゅうに検死解剖をさせてちょうだい。それがすんだら、わたしといっしょに現場を見てまわって」

ジェームズは敵意をにじませているが、なにもいわずにうなずく。

わたしはしばらく黙りこむ。頭のなかでざっとおさらいをして、もれがないかどうか確認する。

「それだけか？」と、アランがたずねる。

彼の口調には怒りがこもっており、わたしは驚いて彼を見る。なぜ腹を立てているのか見当もつかない。「たぶん」

アランが立ちあがる。「そうか」みんながけげんに思いながら見ているうちに、客室の前のほうにもどっていく。

「ずいぶん虫の居どころが悪いみたいね」と、キャリーがいう。

「なんだよ、あの態度。すっげー不機嫌！」と、レオがいう。

キャリーとわたしは首をまわしてレオをにらみつける。敵意に満ちた視線がただよう。

レオがそわそわしてわたしたちを交互に見る。「どうしたんですか？」

「ことわざにもあるでしょ、坊や？」キャリーが彼の胸を指でつつく。「〝わたしの友だちを痛めつけるな。痛めつけることができるのはわたしだけ〟ってね。わかる？」

レオの顔が曇り、無表情になっていく。「わかりますよ、赤毛のお姉さん。ぼくはあんたたちの友だちじゃない。そういう意味でしょ？」

キャリーがレオにむかってうなずくと同時に、彼女の顔から敵意がいくぶん薄れていくのがわかる。「ちがうわ、ハニー……そういうことじゃないの。わたしたちは徒党を組んでるわけじゃないし、ティーンエイジャーでもない。敵に包囲されたあわれなオタクみたいな仮面をつけるのはやめることね」といって身を乗りだす。「いいたいのは、わたしはあの人が大好きだってことよ。命を救ってもらったこともあるの。わたしはあの人をからかってもいいけど、あなたはだめ。いまはまだ。わかった？」

レオの表情からも敵意が薄れていくが、まだ引きさがる気にはなれないらしい。「わかりました。けど、坊やなんて呼ぶのはやめてください」

キャリーはこちらをむいてにやりと笑う。「この子、わたしたちの仲間になれそうよ、スモーキー」ふたたびレオのほうをむく。「命を大切にするつもりなら、二度と〝赤毛のお姉さん〟なんて呼ばないことね、ピアスボーイ」

「ちょっとアランと話してくる」と、わたしはいう。いつもならこの手のからかいあいには興味をそそられるのだが、いまは気が散って楽しめない。心の一部——チームのリーダーだった部分は、キャリーはレオのため、ひいてはみんなのためにやりあっているのだと理解している。彼女なりの方法でレオをチームに迎えいれようとしているのだ。それはそれでありがたい。長いあいだチームで仕事をしていると、よそ者をうけいれない島国根性みたいなものが身についてくることもある。外国人恐怖症に近い。健全ではなく、うちのチームが——少なくともキャリーは——そんな道をたどらなかったとわかって安心する。ジェームズは窓の外を見つめている。内にこもり、冷ややかで、話の輪に入ってこようとしない。いつもどおりのジェームズで、いまにはじまったことではない。

わたしはアランがすわっている列に行く。アランは自分の足をじっと見ており、緊張感がみなぎっていて息苦しい。「すわっていい？」

アランは片手を振っただけで、わたしを見ようともしない。「好きにしろよ」

わたしは腰をおろしてアランを見つめる。彼は顔をそむけ、窓の外をながめる。わたしは正攻法でいくことにする。「なにがあったの？」

アランがこちらをむいたとたん、目に怒りをたぎらせているのに気づいてたじろぎそうになる。

「なんだよ？　兄弟《ブラザー》と腹を割って話そうっていうのか？　〝よう、ブラザー、なにがあったんだい？〟」

わたしは啞然とする。口がきけない。なんとかなるかもしれないと思って待ってみるが、アランはいぜんとしてわたしをにらみつけている。彼の怒りはつのるばかりで、しずまる気配はない。

「どうなんだ？」

「悪気がないのはわかってるはずよ、アラン」と、落ちつきはらった声で静かにいう。「あなたがいらいらしてることくらい、みんなわかってるわ。わたしはただ——訊いただけ」

アランはまだにらみつけているが、こんどは怒りの炎が弱まっている。ほんの少し下火になっている。うつむいて手を見る。「エレイナが病気なんだ」

わたしは口をぽかんと開ける。その瞬間、本能的にショックと不安を感じる。エレイナはアランの奥さんで、彼女のことはアランと同じようにむかしから知っている。ラテン系の美女で、容姿だけでなく心も美しい。わたしが入院しているときに、見舞いにきてくれて面会したのはエレイナひとりだった。じつをいうと、選択の余地がなかったのだ。エレイナは看護師たちの制止を振りきっていきなり病室に入ってくると、ベッドに近づいてきて端に腰をおろし、わたしの両手を無理やり脇に押しつけ、自分の腕のなかにわたしを包みこんだ。そこまでのあいだ、エレイナはひとことも口をきかなかった。わたしは抵抗するのをやめて彼女の胸に顔を埋め、涙が涸《か》れるまで泣きじゃくった。あのときのエレイナのことは一生忘れない。あたりが涙にかすむなか、やさしくて、あたたかくて、強いエレイナは、わたしの髪をなでながら、スペイン語まじりの英語で慰めのことばをつぶやいていた。彼女はわたしの友人、かけがえのない生涯の友なのだ。

「病気って？　どういうこと？」

わたしの声にまじりけのない不安がこもっているのがわかったのか、アランの怒りがしずまっていく。彼の目にも先ほどの炎はない。浮かんでいるのは苦悩の色だけ。「結腸癌、二期だそうだ。腫瘍《しゅよう》は取り除いたんだが、すでに破裂していたんだよ。手術する前に、癌の一部が組織に流れだしたんだ」

「どういう意味？」

「それがわからない部分なんだよ。ひょっとすると、なんでもないかもしれない。腫瘍が破裂したときに癌細胞が流出したといっても、心配するようなことじゃない可能性もある。あるいは、癌細胞がそのへんをただよっていて、組織にひろがろうとしてるのかもしれない。たしかなことはなにもわからないんだよ」アランの目に宿る苦悩の色が濃くなっていく。「エレイナの病気がわかったのは、激痛に襲われたからなんだ。おれたちは盲腸かもしれないと思った。医者たちはさっそく手術をして、腫瘍を見つけて取り除いた。そのあと、主治医がおれになんていったかわかるかい？　四期——末期癌だといったんだ。もう長くはない、近いうちに死ぬだろうって」

わたしはアランの手に目をやる。震えている。

「エレイナには伝えられなかった。彼女はよくなっていたんだよ。心配させたくなかった。手術のあとは、回復に専念してほしかったんだ。おれはそれからまる一週間、エレイナはもうすぐ死んでしまうと思って、彼女の顔を見るたびにそんなことばかり考えていた。エレイナはそんなこととはつゆほども思ってなかったけどな」アランは苦々しげに笑う。「その後、また病院に行って検査をうけたら、主治医がいい知らせを伝えてくれた。四期ではなく、二期だというんだ。五年以上の生存率は七十から八十パーセント。主治医は満面の笑みを浮かべ、エレイナは泣きだす。癌が思ったほど進行していないとわかったのはいいんだが、彼女はそのときまでそれがいい知らせだなんて知らなかったんだ」

「アラン……」

「とにかく、エレイナは化学療法をうけることにした。放射線かもしれない。いまはまだ情報を集めてる最中でね。どうするかはこれから決めるんだ」アランはふたたび視線を落として自分の大きな手を見つめる。「おれは彼女を失うと思ってたんだよ、スモーキー。いままでも――エレイナが元気になる可能性もあると聞かされたいまでさえ、どう考えていいのかわからないんだ。彼女を失ったらどんな気持ちになるか、それはわかってる。まる一週間、彼女を失った気持ちになったからさ。おれはあのときの気持ちを忘れることができないんだ」アランはわたしを見る。怒りがよみがえっている。「エレイナを失ったらどうなるかわかったんだ。なのに、おれはなにをしてる？　つぎの事件現場にむかって飛んでいる。エレイナは家で眠ってる」窓の外を見る。「いまごろはもう起きてるかもしれないが、おれはそばにいてやれない」

わたしは愕然としてアランを見つめる。「そうだったの。ねえ、休暇をとったら？　こんなところじゃなくて、エレイナのそばにいてあげてよ。こっちはあなたなしでもやっていけるから」

アランがこちらをむくと、目に宿る苦悩が見え、わたしは心臓がとまりそうになって息をのむ。

「わからないのか？　おれが腹を立ててるのは、自分がここにいるからじゃない。ここにいるべきではないという理由がないからなんだ。なにもかもうまくいくか、うまくいかないか。どちらにしても、おれのすることとはこれっぽっちも関係ない」両手をあげてひろげる。大きなキャッチャーミットがふたつ。「おれはこの手で人を殺せる。銃をぶっぱなすこともできる。妻と愛しあえるし、針に糸を通すことだってできる。力があって、器用でもある。なのに、彼女の体のなかに伸ばして癌を取りだしてやることはできない。エレイナを助けてやれない。それが耐えられないんだ」

両手をおろして膝にもどし、無力な目でまたその手を見つめる。わたしもアランの手を見て、この友人にかけることばをさがす。彼と自分の不安が感じられる。わたしはマットのことを考える。

「無力な気持ちなら、わたしにはよくわかるわ」

アランはさまざまな感情が相闘う目でわたしを見る。「わかってるよ、スモーキー。けど——誤解しないでくれ——だからって、自分の気持ちを打ちあける気になれるわけじゃない」といって顔をしかめる。「ああ、くそっ。すまん。うまく説明できないんだ」

わたしは首を振る。「気にしないで。わたしに対してまで気をつかわなくていいのよ。いまはあなたとエレイナの身に降りかかったことについて考えて。薄氷を踏むような思いをしているときに、自分の胸の内を語るなんて無理よ」

「そうだな」彼は口から息を吐きだす。「ちくしょう、スモーキー。おれはどうすればいいんだ？」

「わたし……」座席に寄りかかってしばらく考える。どうすればいいのだろう？　もう一度アランと目を合わせる。「エレイナを愛して、できるだけのことをするのよ。必要なら、友だちにいって力になってもらえばいい。もうひとつ、いちばん大切なことよ。なんでもなかったってわかるかもしれないんだから、それを忘れちゃだめ。見込みがないなんて決めつけないこと」

アランはゆがんだ笑みを浮かべてみせる。「グラスの中身がもう半分しかないと思うんじゃなくて、まだ半分あると考えるってことだろ？」

わたしは力強くうなずく。「そのとおり。エレイナのことなのよ。グラスの中身がまだ半分あるっていう見方をしないと許さない」

アランは窓の外に目をやってから自分の手に視線を落とし、最後にわたしを見る。わたしが大好きだったやさしさが彼の目にもどってくる。「ありがとう、スモーキー。本気で感謝してる」

「わかってるわ。どんなに強い人でも、笑いとばすなんてできない問題よ」

「当分のあいだはここだけの話にしてくれないか？」

「いいわよ。あなたは？　だいじょうぶなの？」

アランは口をすぼめて首を振る。「ああ、だいじょうぶだよ。心配ない」こちらをむいて目をぐっと細める。「あんたは？　だいじょうぶなのかい？　ずいぶん長いあいだ話してなかったよな。あれ以来……」肩をすくめる。

「あなたは話そうとしてくれたじゃない。いまのところ、わたしはだいじょうぶよ」

「そうか」

わたしたちはしばらく見つめあう。口をきかなくてもわかりあえる。わたしは立ちあがり、アランの肩をぎゅっとつかんでから離れていく。

まずキャリー、こんどはアラン。悩み、心痛、謎。やましさを感じて胸がうずく。この半年、わたしは自分の苦悩しか眼中になく、友だちが理想的とはいえない生活を送っているとか、それぞれが不安や心配や悩みをかかえているとは思いもしなかった。恥ずかしい。

「べつに問題はないの、ハニー？」わたしがすわると、キャリーがたずねる。

「ないわよ」

キャリーは彼女特有の真剣なまなざしでわたしを見る。わたしのことばを信じてくれたとは思えないが、あえて追及しようとはしない。「それで、ハニー、わたしたちがそれぞれに割りあてられた任務に奔走してるあいだ、あなたはなにをするの？」

その質問を聞いて、この便に乗った目的を思い出して身震いする。「まず、ジェニー・チャンと話をする。彼女をつれだしてコーヒーショップかどこかに行くつもり」わたしはジェームズを見る。「ジェニーは優秀だし、遺体が発見されてすぐに現場を見てるわ。そのときの印象を彼女から直接聞きたいの」ジェームズがうなずく。「そのあとは、いちばん有力な手がかりをあたえてくれそうな人物に会いにいく」

だれのことをいっているのかと訊く人はいないし、全員が喜んでわたしにまかせようとしているのがわかる。ボニーのことをいっていたからだ。

10

サンフランシスコ市警察署に入っていき、ジェニファー・チャンに会いたいと伝えると、彼女のオフィスに案内された。ジェニファーがわたしたちに気づいた。わたしの姿を見るなり目を輝かせたのがわかってうれしくなった。わたしの知らない男性パートナーを引きつれて、ジェニファーがこちらに歩いてきた。

「スモーキー！　あなたが来てくれるなんて知らなかった」

「出発まぎわに来ることにしたのよ、ジェニー」

ジェニーはわたしの目の前までやってきて立ちどまると、頭のてっぺんからつま先までながめまわす。ほかの人たちとちがって、わたしの傷に興味をそそられているのを隠そうとしない。遠慮なくじろじろ見る。

「まああね」と、ジェニーはいう。「ずいぶんよくなったじゃない。〝内側〟はどうなの？」

「まだ治りきってないけど、少しずつよくなってきてる」

「よかった。それはそうと——これって、ＦＢＩが捜査を引きつぐっていう意味？」ジェニーは単刀直入にたずねる。これにはうまく対処しなければならない——たしかに、ＦＢＩが引きつぐことになるわけだが、ジェニーやサンフランシスコ市警のメンバーの機嫌をそこねるようなことはしたくない。

「ええ。けど、それもわたし宛てのメッセージのせいなのよ。規則だからしかたがないわ。犯人はあのメッセージで連邦捜査官を脅迫してるでしょ？」わたしは肩をすくめる。「となると、ＦＢＩの事件になっちゃうのよね。サンフランシスコ市警の手には負えないなんて思ってるわけじゃないのよ」

ジェニーはつかのま考える。「ええ、そうね。信じるわ。あなたたちはうそをついたことなんかないもの」

わたしたちはジェニーのあとについてオフィスに入っていく。小さな部屋で、デスクがふたつある。狭い部屋でも、わたしはびっくりする。「自分のオフィスをもらったのね、ジェニー。すごいじゃない」

「事件解決率で三年連続トップだったの。なにがほしいかって警部に訊かれて、これをもらったのよ」彼女はにやりと笑う。「そのために、古顔をふたりおっぽりだすはめになってね。

すっかり憎まれ役になっちゃった。ぜんぜん気にしてないけど」パートナーを指さす。「失礼。まだ紹介してなかったわね。チャーリー・デ・ビアッセ、わたしのパートナー。チャーリー、この人たちはFBIよ」

チャーリーが会釈《えしやく》する。デ・ビアッセというのは明らかにイタリア系の名前で、チャーリーは純血ではなさそうだが、いかにもイタリア系らしい顔立ちをしている。おだやかでのんきそうな顔だ。でも、目はちがう。鋭い。鋭くて用心ぶかそうだ。「よろしく」

「こちらこそ」

「それで」と、ジェニーがいう。「作戦は?」

キャリーがわたしたちの計画やそれぞれにあたえられた任務について話す。説明が終わると、ジェニーはわかったというようにうなずく。「いいわね。それでいきましょう。わたしたちがこれまでに集めた情報や資料をぜんぶまとめて、コピーをとってわたすわ。チャーリー、鑑識に連絡して早めに知らせておいてくれない?」

「わかった」

「アパートメントの鍵はだれがもってるの?」と、わたしは訊く。

ジェニーが自分のデスクの端にある封筒を手にとってレオに差しだす。「これに入ってるわ。現場を荒らす心配はしなくていいわよ。証拠集めは終わってるから。住所はその封筒の表に書いてある。受付にいるビクスビー巡査部長にいってくれれば、車で送ってくれるわ」

レオが眉をあげてこちらをむくと、わたしはうなずいて彼を送りだす。ついでジェニーと目を合わせる。「ちょっとふたりで話をしたいんだけど、かまわない？　現場の印象を聞かせてほしいの」

「いいわよ。コーヒーでも飲みにいきましょう。こっちはチャーリーにまかせるわ。お願いね、チャーリー」

「了解」

「助かるわ」

「おたくの検死官は信用できるのか？」と、ジェームズがたずねる。訊いているのがジェームズだけに、当然のことながらあたりさわりのない質問ではなく、疑ってかかっているのだ。ジェニーが彼にむかって顔をしかめる。

「クワンティコの話によると、信用できるそうよ。どうして――悪い評判でも聞いたの？」

ジェームズは、もういいといいたげに手をさっと振る。「どこへ行けば会えるか教えてくれればいいんだ、刑事さん。いやみなんか聞きたくない」

ジェニーの眉がつりあがり、目が翳《かげ》りを帯びる。こちらをちらっと見て、わたしの顔にジェームズに対する怒りが浮かんでいるのに気づいたのか、落ちつきを取りもどす。「チャーリーに聞いて」ジェニーはこわばった口調でそっけなくいうが、ジェームズには効き目がない。振りかえりもせずに、彼女に背をむける。

わたしは彼女の肘にふれる。「行こう」

ジェニーはむっとして最後にもう一度だけジェームズに視線を投げかけてからうなずく。

わたしたちは警察署の玄関にむかう。

「あいつ、いっつもあんなにむかつくやつなの？」正面玄関の石段をおりながら、ジェニーが訊く。

「そうよ。むかつくってことばは、あの人のために生みだされたの」


一ブロック歩いただけでコーヒーショップについた。サンフランシスコにはシアトルと同じくらいコーヒーショップがたくさんあるらしい。そこはフランチャイズではない小さな店で、気どりのないくつろいだ雰囲気に包まれていた。わたしはカフェモカを頼み、ジェニーはホットティーを注文した。窓ぎわのテーブルにつき、静かなひとときを楽しむ。それぞれの飲み物に口をつける。モカはとてもおいしい。自分のまわりでつぎつぎに人が死んでいっても、やはりおいしいと思える。

窓の外に目をやり、街をながめる。サンフランシスコには前から興味をそそられていた。西海岸のニューヨーク。ヨーロッパの影響をうけた国際都市で、独自の魅力と個性をもっている。サンフランシスコ出身者かどうかは、たいていは服装を見ればわかる。西海岸でウールのトレンチコートや帽子、ベレーや革手袋を見かける数少ない場所のひとつなのだ。粋《いき》な感じがする。きょうは天気がいい。サンフランシスコはかなり冷えこむ日が多いのだが、太陽が出ていて、気温は二十二、三度といったところか。それでもこの街では、めちゃくちゃ暑い日といわれる。

ジェニーが紅茶をおき、カップの縁に指を走らせる。考えこんでいるらしい。「あなたが来るなんて意外だった。チームのリーダーじゃないのはもっと意外だったけど」

わたしはカップの縁ごしに彼女を見る。「そういう約束で来たのよ、ジェニー。アニー・キングはわたしの友だちだったの。わたしはこの事件を直接捜査することができないのよ。少なくとも、公式には。それに、わたしはまだNCAVCのリーダーに復帰する準備ができていないの。いまはまだ」

ジェニーはわたしを見ており、そのまなざしからはなにも読みとれないが、わたしを裁こうとしているわけではないようだ。「準備ができていないっていうのは、あなたがいってること？　それとも、FBIがそういってるの？」

「わたしがいってることよ」

「だったら……気を悪くしないでほしいんだけど、ほんとにそうだとしたら、ここに来る許可はどうやって取ったの？　わたしが似たような立場にいたら、署長は許可してくれないはずよ」

わたしはチームのメンバーと再会したおかげで自分の心境が変化したことについて説明す

る。「いまのわたしには、いいセラピーになるのよ。副支局長もそう思ったみたい」

ジェニーは黙っているが、ややあって口を開く。「スモーキー、わたしたち、友だちでしょ？　クリスマスカードを送ったり感謝祭をいっしょにすごしたりする仲じゃないわ。そういう友だちじゃないもの。それでもやっぱり友だちよね？」

「そうよ。あたりまえじゃない」

「それじゃ、友だちとして訊かせて――あなたはこの事件を担当できるの？　最後までやりとおせる？　ひどい事件よ。すごくひどい。わたしのことはよく知ってるから、いろんな現場を見てきたのも知ってるわよね。でも、あの現場にはあの女の子もいっしょにいて……」引きつけを起こしたかのように身震いする。「当分のあいだ悪夢にうなされそうよ。それにね、あなたの友だちのほうも無残な姿だった。そう、友だちだったのよね。復帰する前に試運転をしたほうがいいというのはわかるけど、ほんとにこの事件でやってみたりしてだいじょうぶなの？」

わたしは正直に答える。「わからない。本心よ。わたしはすごく混乱してる。それはまちがいない。この事件にかかわるなんて、ぜんぜん筋が通っていないんだけど……」そこまでいって少し考える。「つまり、こういうことなの。マットとアレクサを失ってから、わたしがなにをしてたかわかる？　なにもしてなかった。のんびりしてたっていう意味じゃないの。なんにもしてなかったのよ。一日じゅう同じ場所にすわって壁を見つめるとか。眠りにつけば悪夢にうなされて目をさまし、なにかをじっと見てるうちにまた眠りに落ちていく。そうそう、何時間も鏡を見て、この傷を指でなぞりつづけることもあった」涙がこみあげてきて目がしみる。弱さではなく、怒りの涙だとわかって納得する。「ひとつだけいえるのは、それが——そんなふうに生きていくのは——アニーの事件にかかわって目にすることになるものよりも、はるかにつらいっていうこと。たぶんね。身勝手なのはわかってる。でも、本心なの」ぜんまいを巻かないと動かない時計のように、ことばがつづかなくなる。ジェニーが紅茶を口にふくむ。まわりでは、わたしたちにはおかまいなしに街が動きつづけている。

「わかるわ。それで、現場を見たときの印象を聞きたいのよね？」ジェニーはそれしかいわない。わたしをはねつけたわけではない。彼女なりの方法でうけいれてくれたのだ。わかるわ、さあ、本題に入りましょ、といっている。ありがたい。

「聞かせて」

「きのう電話がかかってきたの」

わたしは口を差しはさむ。「あなたに？　名指しで？」

「そうよ。わたしを指名したの。正体を見破られないように声を変えて、メールをチェックしろといったわ。ふつうなら無視するんだけど、相手があなたの名前を口にしたの」

「声を変えるって、どんなふうに？」

「くぐもってた。送話口に布をかぶせてるような感じね」

「抑揚に特徴はなかった？　スラングの使い方に変わったところは？　ほんのわずかでも、どこかの訛《なまり》がまじってたとか？」

ジェニーは困惑したような笑みを浮かべてわたしを見る。「スモーキー、わたしを参考人扱いするつもり？」

「あなたは参考人なのよ。少なくとも、わたしにとっては。犯人と話をしたのはあなただけだし、発見直後の現場も見てる。だから、たしかに参考人なのよ」

「わかったわ」ジェニーはわたしの質問を考えている。「話し方に目立つ特徴はなかった。むしろ、まったくないといったほうがいいわね。抑揚はなく、口調は平板だった」

「なんていったか正確に思い出せる？」この質問に彼女がイエスと答えるのはわかっている。ジェニーは驚異的な記憶力の持ち主なのだ。わたしの射撃の腕前と同様に、彼女の記憶力はこわいくらいで、被告人側の弁護人たちに恐れられている。

「おぼえてる。彼はこういったの。〝チャン刑事ですか？〟わたしがそうですと答えると、相手は〝メールがとどいています《ユー・ガット・メール》〟っていったの。けど、ぜんぜん笑わなかった。わたしがまず注意を引かれた点よ。芝居がかった調子じゃなかったの。たんなる事実としていったのよ。わたしがだれなのって訊いたら、彼は〝人が死んだ。スモーキー・バレットの知り合いだ。メールがとどいています〟といって電話を切ったの」

「ほかにはなにもいわなかった？」

「それだけよ」

「ふうん。どこからかけてきたかわかってるの?」

「ロスの公衆電話」

わたしはすばやく反応する。「ロサンゼルス?」それについて考える。「そのせいで三日必要だったのかもしれないわね。犯人は旅行者か、ロスに住んでるか」

「あるいは、わたしたちをもてあそんでるか。ロスに住んでるとしたら、アニーが目当てでわざわざここにやってきたんじゃないかしら」ジェニーは緊張し気まずそうな顔をしている。理由はわかっている。

「つまり、犯人はわたしの注意を引きたかったたってことね」精神的につらくて真剣には考えていなかったが、もしかしたら——いや、おそらく——そんなことだろうと思っていた。アニーが殺されたのは、彼女のしていたことのせいだけではなく、わたしの友人だったからでもある。

「そうよ。けど、どれも憶測にすぎないわ。とにかく、メールをチェックしてみたら——」

わたしは彼女のことばをさえぎる。「メールはどこから送られてきたの?」

ジェニーはためらいがちにわたしを見る。「アニーのコンピュータから送られてきたのよ、スモーキー。送信元が彼女のメールアドレスになってたの」

それを聞いたとたん、わたしのなかで計らずも怒りが渦巻きはじめる。犯人がそんなこということを示すためでもある。それについては考えないようにする。「つづけて」

「メールの本文に書いてあったのはアニー・キングの名前と住所だけ。ほかにはなにもなくて、ファイルが四つ添付されてた。三つはアニーの写真。四つめはあなた宛てのメッセージよ。それを見た時点で、警察は真剣にうけとめはじめたの。近ごろは写真なんていくらでも細工できるけど、爆破予告みたいなもので、偽物だと思っても真剣にうけとめなければならなくて――万一のときはみんなを避難させるのよ。とにかく、わたしとチャーリーは制服警官を何人かつれて、アニーのアパートメントへ行ったの」ジェニーは紅茶をひと口飲む。「ドアはロックされていなくて、何回かノックして返事がないとわかると、銃をかまえて入っていったのよ。アニーと娘は寝室にいた。ベッドの上よ。アニーは寝室にコンピュータをセットアップしてたの」ジェニーは思い出して首を振る。「凄惨《せいさん》な現場だった。きちょうめんで計画的な殺人の現場なら、あなたのほうがたくさん見てるでしょうけど、それでもわたしと同じように感じたと思う。犯人はアニーの体を切り裂き、臓器を取りだして袋につめこんでた。喉もかき切ってたわ。けど、なによりも痛ましいのは娘だった」

「ボニー」

「そう。あの子、母親とむかいあわせに縛りつけられてたの。とくに凝《こ》ったことはしてなかった。ふたりをむかいあわせに寝かせ、ロープでぐるぐる巻きにして動けないようにしただけ。あの子はそのまま三日間もあそこにいたのよ、スモーキー。母親の遺体に縛りつけられてたの。三日もたてば、死体がどうなるか知ってるでしょ？　エアコンはついていなかった。犯人は窓を少しだけ開けといたの。ハエがたかってたわ」

死体のことならよく知っている。それでも、ジェニーの描写は想像を絶する。

「あの子はまだ十歳なのに、死体がものすごいにおいを放って、ハエがブンブン飛びまわるなかにいたのよ。首を伸ばして、母親の顔に頬をのせてた」ジェニーが顔をしかめるのを見て、そのときに感じた恐怖が伝わってくる。そんな現場を見ずにすんでありがたいと思う。ほんとうにありがたい。「あの子、黙ってた。わたしたちが部屋に入っていっても、ひとことも発しなかったわ。ロープをほどいているときも無言だった。ぐったりして宙を見つめてたわ。質問をしても、返事はなかった。脱水症状を起こしてた。わたしたちはすぐに救急医療班《EMS》を呼んで、警察官をつきそわせて病院に搬送してもらったの。身体的には問題ないんだけど、大事をとって病室の前に警察官を配置して警備させてる。ついでながら、個室に入れたわ」

「ありがとう。助かるわ。ほんとに」

ジェニーはいいのよというように手を振ってから紅茶を飲む。彼女を見ているうちに、かすかに震えているのがわかってびっくりする。気丈なジェニーでも、現場の光景に激しい衝撃をうけたらしい。「あの子、まだひとこともしゃべっていないの。立ちなおれると思う？

あんな目にあって立ちなおれる人なんている?」

「どうかしらね。いろんな試練を乗りこえていく人の話を聞いて、しょっちゅう驚かされるけど、やっぱりわからない」

ジェニーは考えこむような顔をしてわたしを見る。「そうね」しばらく黙りこんでからことばを継ぐ。「彼女を乗せた救急車が走り去ると、わたしはすぐに現場を封鎖したわ。鑑識を呼んで、きつい調子で気合いを入れたの。ちょっときつすぎたかもしれないけど、なんだか……むしょうに腹が立ってね。というか、あのときの気持ちなんて、ことばではうまくいいあらわせないのよ」

「わかるわ」

「そのうち、アランに連絡して話をして、こうなったわけ。わたしにわかるのはこんなところね。捜査はまだはじまったばかりなのよ、スモーキー。証拠を集めただけ。落ちついてなにかを調べる時間なんてなかった」

「ねえ、ちょっと客観的に見てみない? 目撃者にするような質問をして、ざっと振りかえってみるの」

「いいわよ」

「CIとしてやるわね」

「了解」

〝CI〟とは〝認知面接〟のことをいう。目撃者の記憶や説明は、わたしたちにとって悩みの種《たね》のひとつなのだ。トラウマや感情的な問題が原因で、たいていの人はよく見ていないか、見ていてもおぼえていない。じっさいには起こっていないことを記憶してしまう場合もある。認知面接のテクニックはむかしから使われており、具体的な手順があるとはいえ、応用となると芸術的といったほうがいい。わたしはとてもうまく応用できる。キャリーはもっとうまい。アランは達人だ。

認知面接の陰にある基本概念は、目撃者を導いて特定のできごとを最初から最後までくりかえし振りかえらせただけでは、あらたな記憶を呼びさませるわけではないというものだ。そこで、三つのテクニックが使われる。ひとつめは状況。できごとの発端からはじめるのではなく、目撃者にそれより前のできごとから振りかえってもらう。どんな一日だったか？調子はどうだった？　頭のなかを駆けめぐっていたことはないか？　悩みは？　楽しみは？ありふれたことでもかまわない。目撃者に思い出してもらいたいのは非日常的なできごとだが、その前に起こった日常的な生活の流れを思い起こさせる。こうすれば、思い出してもらいたいできごとを、〝状況〟のなかに組みこむことができる。そういったできごとを事件の記憶の前におくと、事件を振りかえりやすくなり、こまかいことまで思い出せるようになるのだ。ふたつめのテクニックは、記憶の順序の並べ替えだ。最初からはじめるのではなく、最後からさかのぼって思い出させる。あるいは、途中からはじめる。すると、目撃者は振りかえりはじめ、どこかでとまって、じっくり考える。すぐれたCIの最後のテクニックは、視点を変えることだ。たとえば、「へえ！　ドアのそばに立っていた人には、どんなふうに見えたかな？」といってみる。そうすれば目撃者の見方が変わって、新しい事実を揺すぶりだせるわけだ。

ジェニーのように記憶力抜群で、しかも刑事としての訓練をうけている人の場合、認知面接はとくに効果がある。

「そのころには夕方になっていて」と、わたしは切りだす。「あなたはオフィスにいる。なにをしてる？」

ジェニーは天井を見あげて記憶の糸をたぐりよせる。「チャーリーとしゃべってる。担当してる事件について話しあってるわ。被害者は十六歳の売春婦。なぐり殺されて、〈テンダーロイン〉の路地に棄てられてた」

「で、あなたはなんていってる？」

ジェニーの目に悲しみの色が浮かぶ。「チャーリーがいってるの。まだ十六だとしても、売春婦が殺されたからって、知ったことかとかなんとか。頭にきてて、怒りをぶちまけてる。心のなかでは悲しんでるの。若い子が殺されると、チャーリーはすごく滅入るのよ」

「チャーリーのことばを聞いて、あなたはどんな気持ちになった？」

ジェニーは肩をすくめ、ため息をつく。「だいたい同じ。頭にきてた。悲しかった。チャーリーとちがって、怒りをぶちまけたりはしなかったけど、彼の気持ちは理解できたわ。チャーリーがわめきたててるあいだに、デスクを見おろしたのをおぼえてる。被害者のファイルに入ってた写真が半分はみだしてたの。遺体が発見された現場の写真よ。脚の一部が見えた。膝から下よ。生気のない脚。わたし、疲れてた」

「つづけて」

「チャーリーがおとなしくなった。毒づくのをやめてから、しばらくじっとしてたわ。そのうちわたしを見て、いつものおどけたような苦笑いを浮かべてあやまったの。だから、いいのよっていった」ジェニーは肩をすくめる。「彼はわたしがわめきちらすのを聞いてくれたことが何度もあるのよ。パートナーの役目のひとつなのよね」

「そのとき、チャーリーに対してどんな気持ちだった？」

「近しい相手」といってから手を振る。「好きとか性的とか、そんなんじゃない。おたがいにそういう気持ちになったことはないの。ただ、近しいっていう感じ。わたしになにかあれば、チャーリーはかならずそばにいてくれるし、逆も同じで、わたしも彼のそばにいるってわかってる。パートナーに恵まれてありがたいと思ってた。彼にそれを伝えようとしたとき、電話がかかってきたの」

「犯人から？」

「そう。いま思い出したんだけど、犯人がしゃべりだしたとたん、なんか……わけがわからなくなったの」

「どんなふうに？」

「なんていうか、それまでは――ふつうの一日だった。オフィスでチャーリーと話をしていたら、だれかに〝電話ですよ〟と声をかけられて、〝ありがとう〟といって受話器をとる――状況といい、動作といい、何百回も経験してきたことだった。ごくふつうのこと。それが突然、ふつうじゃなくなった。ふだんどおりのことをしてたのに、気がつくと邪悪な相手と話してたのよ」指をパチンと鳴らす。「こんなふうにいきなり。不快だった」彼女の目が不安そうに曇っていく。

ジェニーにCIのテクニックをためすことにしたのは、このためでもある。目撃者や参考人の記憶でなによりもやっかいなのはトラウマだ。動揺するせいで、記憶があいまいになるのだ。刑事や捜査官もトラウマにさいなまれるくらいなのに、一般の人にはそれが理解できないらしい。子どもが絞め殺されたり、母親が切り刻まれたり、少年がレイプされたり、殺人犯と電話でしゃべったり。どれも衝撃的な経験だ。感情をどんなにうまく抑えきれたとしても、動揺しないわけがない。どの経験もトラウマになる。

「わかるわ、ジェニー。これで状況はそろったと思う」わたしの口調はなめらかで落ちついている。ジェニーはわたしに導かれるまま〝当時〟に入りこんでくれ、わたしとしても彼女をその近くにいさせたい。「先へ進むわね。アニーのアパートメントの玄関にむかっていくところからつづけて」

ジェニーは目をぐっと細め、わたしには見えないなにかを見つめる。「白いドアよ。こんなに真っ白なドアなんて見たことがないと思ったのをおぼえてる。真っ白だったんで、むなしくなったわ。皮肉なんだもの」

「どういう意味で？」

ジェニーは老人のような目つきでわたしを見る。「うそだってわかったからよ。あんなに白いなんて。ごまかしてるだけ。勘でわかったの。なんであれ、あのドアのむこうにあるのは、純白なんかじゃないって。どす黒くて、腐ってて、恐ろしいものが待ちうけているってわかったの」

なにか冷たいものを感じて心がうずく。ジェニーの体験を自分も体験していたのかもしれない。彼女が説明していることを肌で感じていたのだ。

「つづけて」

「ドアをノックして、彼女の名前を呼んだ。返事はない。しんとしてる」ジェニーは眉を寄せる。「ほかにも奇妙なことがあったの。なにかわかる？」

「なに？」

「同じアパートメントの住人なら、なにごとか見ようとして玄関から首をつきだすものよ。なのに、だれものぞかなかった。わたしたちはいかにも警察だっていう感じでノックしてたのよ。ドアをドンドンたたいて。それでも、だれひとりのぞかなかった。彼女は近所の人たちとはつきあいがなかったんだと思う。あるいは、親しくなかったというだけかもね」

ジェニーはため息をつく。

「話をもどすわ。チャーリーとわたしは顔を見あわせ、それからふたりそろって制服警官たちを見て、全員が拳銃を抜いた」彼女は唇を噛みしめる。「いやな予感がしてたんだけど、それが強くなってきたの。不安のかたまりが胸のなかで跳ねまわってるみたいだった。ほかの人たちも同じ気持ちになってるのがわかったわ。そんなにおいがしたの。汗、武者震い。呼吸が浅くなっていく」

「こわかった？」と、わたしはたずねる。

ジェニーはなかなか返事をしない。「そうね。こわかったわ。なにを見つけることになるかと思うと、こわくてたまらなかった」わたしにむかって渋面をつくる。「妙な話だけど、わたしは現場に入っていく直前にかならずおじけづくの。殺人事件の捜査をするようになって十年になるから、たいがいの現場は見てきたけど、いまだにこわくてたまらないのよ。それも毎回」

「つづけて」

「ドアノブをためすと、難なくまわった。もう一度みんなの顔を見てから、ドアを大きく開け放ったの。全員が銃をかまえてた」

わたしは彼女の視点を変えてみる。「チャーリーがまっさきに気づいたのは、なんだと思う？」

「におい。まちがいないわ。においと暗がり。照明はぜんぶ消えてた。ただし、寝室だけは明かりがついてたわ」ジェニーは身を震わせるが、本人は気づいていないらしい。「わたしたちの立っているところから寝室のドアが見えたの。その部屋は、玄関からほぼ一直線につづいている廊下の先にあったのよ。アパートメントは真っ暗に近い状態だったけど、寝室のドアだけは、なんていうか……光がもれてきて輪郭《りんかく》が浮かびあがってたの」といって髪をかきあげる。「〝暗闇にひそむモンスター〟を思い出したわ。子どものころの妄想の産物。モンスターが外へ出たがって、むこう側でドアを引っかいている。恐ろしいモンスターが」

「においのことを話して」

ジェニーは顔をゆがめる。「香水と血。そんなにおいだった。香水のにおいのほうがきつかったけど、血のにおいがまじってるのがわかったわ。金属的でむっとするにおいよ。強くはないんだけど、なんか……神経にさわるにおい。心がかき乱れるような。視界の隅っこに見えるものみたいな感じ」

わたしはそのことばを記憶にとどめておく。「それから？」

「いつもと同じことをしたわ。アニーの名前を呼び、リビングルームとキッチンをチェックした。部屋にあるものにふれないように、懐中電灯を使って調べたの」

「賢明ね」わたしは励ますようにうなずく。

「そのあとは、当然——寝室のドアにむかった」ジェニーはそこで間をおいてわたしを見る。る。「まだ入ってもいないうちに、わたしはチャーリーに手袋をはめろっていったのよ、スモーキー」

ドアのむこう側では人が殺されていて、命が助かった人ではなく、〝証拠〟を扱うことになるのがわかった——それを感じた——という意味だ。「ドアノブを見つめていたのをおぼえてる。まわす気になれなかったの。なかを見たくなかった。見つけたくなかったのよ」

「つづけて」

「チャーリーがノブをまわした。ロックされていなかったの。開けるのにちょっとてこずってたわ。ドアの下の隙間にタオルがつめてあったのよ」

「タオルが？」

「香水をしみこませたタオル。ドアの隙間につめて、死臭が外にもれないようにしたのね。犯人は自分の準備がととのうまで、死体を発見されたくなかったのよ」

わたしはふと、このやりとりを切りあげたい思いにかられる。立ちあがってコーヒーショップから出ていき、ジェット機に乗ってうちに帰りたい。そんな思いが波のように押しよせてくる。わたしは波にのみこまれそうになりながらも、どうにかこらえる。

「それで？」と、ジェニーをうながす。

最初は黙っている。見すぎたせいかもしれない。そのうちようやく口を開いたものの、ジェニーの声は抑揚がなくうつろに響く。「なにからなにまで一気に襲いかかってきた。犯人のもくろみどおりにね。ベッドは移動されて、ドアと同じ線上にあった。だからドアを開けると、一瞬にしてすべてが目に飛びこんできて、においがしたの」彼女は首を振る。「例の真っ白なドアのことを考えてたのをおぼえてる。くやしくてしかたがなかった。自分ひとりでは処理しきれなかったから。わたしたち、一分以上そこに立ちつくしてたと思う。呆然と見てた。最初に気づいたのはチャーリーだった——ボニーが生きてるってことにね」ジェニーはしゃべるのをやめ、その瞬間を凝視している。わたしは彼女が回想から抜けだすのを待つ。「ボニーはまばたきをしたわ。それはおぼえてる。頬を母親の顔にのせてて、彼女も死んでるようだった。みんなもそう思ったはずよ。そしたら、まばたきをしたの。チャーリーが毒づきはじめて——」ジェニーは唇を噛みしめる。「あの人、涙を流してた。けど、それはわたしたちとあそこにいた警察官しか知らないことだから、内緒にしてね」

「だいじょうぶよ」

「それが最初の——できれば唯一の——失敗だった。チャーリーがいきなり部屋に駆けこんで、ボニーのロープをほどいてやったの。現場を踏みあらしちゃったのよ」ジェニーの声はうつろで、当惑しているようにも聞こえる。「チャーリーはいつまでも悪態をつきつづけてた。イタリア語で毒づいてたの。とってもすてきな響きだったわ。不思議でしょ？」

「そうね」わたしはおだやかに返事をする。ジェニーはそこにいる。そのひとときにすっかり入りこんでいて、無理やり引っぱりだすようなまねはしたくない。

「ボニーはぐったりしてて、なんの反応もなかったわ。骨がないみたいだった。チャーリーはロープをほどくなり、大急ぎであの子をアパートメントの外へつれだしたの。あっというまのできごとで、わたしは動くどころか口もきけなかった。彼は必死だったのよ。わたしにはよくわかった」ジェニーの顔がゆがむ。「それから、制服警官を送りだしてEMSと検死官を呼びにいかせたわ。つまり、わたしはあなたの友だちとふたりきりになったわけ。腐敗と香水と血のにおいのするあの部屋で。腹が立って、悲しくて、吐きそうだった。アニーをじっと見おろしてるとね」ジェニーはまた身震いする。こぶしをかためたりゆるめたりしている。「ねえ、スモーキー、死んだ人を見て気づいたことない？　生きてるものには、ああいう静けさはぜったいにまねができないわ。ぜんぜん動きがなくて、静かで、脱け殻みたいだと思わない？　それがわかったとき、わたしはいっさいの感情を遮断《しゃだん》したの」わたしを見て肩をすくめる。「そうするとうまくいくのよ。知ってるでしょ？」

わたしはうなずく。たしかに知っている。初期のショックを乗りこえたら、感情の部分を遮断して、その場で泣いたり吐いたり正気を失ったりせずに、職務を遂行できるようにする。恐ろしいと思うものを臨床的な目で見られるようにしなければいけない。本能に反することだ。

「いま思いかえしてみると、ある意味で変な感じがする。頭のなかで自分の声が聞こえるの。ロボットみたいに単調な声よ」彼女は声色《こわいろ》をつかう。「白人女性、三十五歳前後、全裸でベッドに縛りつけられている。首から膝にかけて、ナイフによるものとみられる切り傷。長く浅い傷が多数ついており、拷問にかけられたと思われる。胴体――」ジェニーの声がつかのま震える。「――胴体は切り裂かれ、臓器が取りだされているらしい。息を引きとるまぎわまで悲鳴をあげていたのか、被害者の顔はゆがんでいる。両腕、両脚はともに骨折しているもよう。意図的な殺人と思われる。時間をかけて殺したようにみえる。遺体の姿勢から、事前に考え、計画された犯行と考えられる。痴情犯罪ではないだろう」

「それについて話して」と、わたしはいう。「現場を見たとき、犯人についてなにを感じとったか聞かせてくれない？」

ジェニーは黙っている。わたしが待ち、見つめているあいだ、彼女は窓の外をながめている。そのうち、こちらに目をむける。

「アニーが苦しむのを見て、犯人は〝いった〟のよ、スモーキー。やつにとっては、人生最高のセックスだった」

彼女のことばを聞いて、わたしは動けなくなる。暗くて、冷たくて、恐ろしいことばだ。とはいえ、わたしがさがし求めていたものでもある。それに、真実味もある。わたしはからっぽにされ、うつろな気持ちになるが、それでも犯人のにおいがわかってくる。明かりがもれて輪郭が浮かびあがる暗がりのドアみたいに、香水と血のにおいがする。笑い声と悲鳴がまざりあったようなにおいがする。真実に見せかけたうそのようなにおい、視界の隅っこに見える腐敗のようなにおいがする。

きちょうめんで、自分の行為を味わい楽しむ男。

「ありがとう、ジェニー」わたしはむなしく、きたならしく、影に満ちているような気分になる。けれども、自分のなかでなにかが動きはじめているのも感じる。ドラゴンだ。ジョセフ・サンズのせいでわたしから切り離され、死んでもういなくなってしまったと思っていた。目はさましていない。いまはまだ。けれども数カ月ぶりに、そこにいるのがわかる。

ジェニーは体を軽く揺する。「たいしたもんね。ほんとに入りこんじゃった」

「わたしのほうはテクニックなんて必要なかったわ。あなたは理想的な目撃者なのよ」といったものの、力のない声に聞こえる。疲れきっているような気がする。

わたしたちは無言のまますわっている。動揺し、考えにふけっている。

わたしのモカはすばらしくおいしいものには思えなくなり、ジェニーは紅茶を飲もうという気がなくなったらしい。死と恐怖のせいだ。どんなひとときからも喜びを吸いとってしまう。警察関係者はつねにそれと闘わなければならない。生き残った者が犠牲者に対していだく罪悪感。悲鳴をあげながら死んでいった人について話しているときに、人生のひとときを楽しむなんて、罰あたりなことをしているようにさえ思える。

わたしは吐息をもらす。「ボニーに会いたいんだけど、つれていってくれる?」

わたしたちは勘定を払ってコーヒーショップをあとにする。宙を凝視する目を見ることになると思い、病院にむかうあいだじゅう気が重い。血と香水のにおいがする。香水と血。絶望のにおいに似ている。

11

わたしは病院が大嫌いだ。いざというときは助かるが、入院したときの記憶で、いい思い出はひとつしかない――娘が誕生したときだけ。それを除くと、病院に行くといえば、自分がけがをするか、大切な人が負傷するか、もしくはだれかが死んだときときまっている。今回も例外ではない。わたしたちが病院に入っていったのは、母親の遺体に三日間も縛りつけられていた少女に会う必要があるからだった。

自分が入院していたときの記憶は、妙に現実離れしている。体が激しく痛み、いつも死にたいと思っていた。何日も眠れず、やがて疲《ひ》弊《へい》して気を失った。モニター装置の低いうなりと看護師たちのやわらかな靴音を聞きながら、暗い病室で天井を見つめていた。貝殻を耳にあてたときのうつろな波に似た音をたてる、自分の魂の声に耳をかたむけていた。

病院のにおいがして、心のなかで身震いする。

「ここよ」と、ジェニーがいう。

病室の前にいる警察官は気を抜かない。ジェニーがいっしょにいても、わたしに身分証明書の提示を求める。わたしは身分証を見せる。

「面会に来た人はいる？」と、ジェニーがたずねる。

警察官は首を振る。「いえ、いまのところ面会者はひとりもいません」

「ジム、わたしたちがなかにいるあいだはだれも通さないで。だれだろうと入れないでよ。いいわね？」

「わかりました」

ジムは椅子に背をあずけて新聞をひろげ、わたしたちは病室に入っていく。

ドアが閉まり、じっとしているボニーの姿が目に入ったとたん、頭がくらくらする。ボニーは眠っているわけではなく、目を開けている。わたしたちの足音がしても、彼女の目はまったく動かない。

もともと小柄な子だが、病院のベッドや彼女を取りまく状況のせいでよけいに小さく見えた。アニーに驚くほどよく似ている。ブロンドの髪、ちょっと上をむいた鼻、コバルトブルーの瞳まで。あと数年もすれば、遠いむかしにハイスクールの女子トイレで抱きしめた少女と瓜ふたつになるだろう。わたしは息をとめていたことに気づく。息を吐き、ボニーのほうへ歩いていく。

モニターはほとんど取りつけられていない。ボニーのようすについては、病院に来るまでのあいだにジェニーが説明してくれた。体をくわしく調べた結果、レイプされた形跡もなければ、けがもしていないとわかったという。ありがたいことだが、その一方で、わたしはボニーが深い傷を負っていることを知っている。彼女の心には、ぱっくりと口を開けた傷や、血がどくどくと流れだす傷があり、どんな医者にも縫いあわせることができない。

「ボニー？」と、小声で控えめに呼びかける。なにかで読んだおぼえがあるのだが、昏睡状態の人に話しかけると、ちゃんと声が聞こえて役に立つという。この場合もそれに近い。

「スモーキーよ。お母さんとはずっと親友どうしだったの。わたしはあなたの後見人なのよ」

なんの反応もない。目を開いて天井を見つめているだけ。なにかほかのものを見ているのだろう。なにも見ていないのかもしれない。わたしはベッドの横手にまわりこむ。一瞬ためらってからボニーの小さな手をとる。なめらかな肌にふれるなり、めまいの波がどっと押しよせてくる。まだ大人になっていない子どもの手。大人が守り、愛し、いつくしんでやらなければならないもののシンボルだ。わたしは自分の娘の手を何度もこんなふうに握ってきた。その空間をボニーの手が埋めていると気づいた瞬間、むなしさがこみあげてくる。わたしはなんていえばいいのかわからなかったが、そのうち自分の口からことばがほとばしり、ボニーにむかってしゃべりだす。ジェニーは無言で少し離れたところにたたずんでいる。わたしはジェニーの存在を忘れかけていた。自分の声は低く熱がこもっているように聞こえ、祈りをささげる人の声を思わせる。

「ボニー、あなたに伝えたいことがあるの。わたしがここに来たのは、あなたとお母さんをこんな目にあわせた男を見つけるためなのよ。それがわたしの仕事なの。あなたがつらい思いをしてるのはわかってるわ。心が傷ついてるのもわかってる。死にたいと思ってることもね」わたしの頬をひとつぶの涙が伝い落ちる。「わたしね、半年前に悪い男のせいで夫と娘を亡くしたの。わたしはその男に傷つけられた。そして長いあいだ、わたしもあなたがいましたがっていることをしたいと思ってたわ。自分の殻に閉じこもって消えてしまいたかった」そこで間をおいて、かすかに震えながら息を吸いこみ、ボニーの手を握りしめる。「わたしにはあなたの気持ちがわかる。どうしてもそれを伝えたかったの。好きなだけ自分の殻に閉じこもっていていいのよ。その気になって殻を破って出てきたときは、寂しい思いなんかぜったいにさせない。わたしがついてるからね。わたしがあなたの世話をする」わたしは人目をはばからずに泣いていたが、だれにどう思われようと気にならない。「わたしはあなたのお母さんが大好きだったのよ、ボニー。ほんとに大好きだった。もっと会っておけばよかったわ。あなたにももっと会っておけばよかった」泣きながらにっこりするが、笑みがゆがんでいる。「あなたをアレクサに会わせたかった。きっと気が合ったはずよ」

めまいがひどくなり、涙がとまらなくなる。悲しみというのはそんなこともある。水みたいにあらゆる開口部を見つけて、どんなに小さなひびからもしみだし、やがて容赦なく噴出する。アレクサとアニーの顔が脳裏をよぎり、頭のなかがストロボの点滅する狂気じみたディスコと化す。なにが起ころうとしているのか、その一瞬前にわかった。意識が薄れていく。

まもなく、目の前が真っ暗になった。

これはふたつめの夢で、とても心地いい。

わたしは病院で陣痛に耐えている。こんなことになったのはマットのせいだと思い、彼を殺してやりたいと本気で考えている。体をまっぷたつに引き裂かれているとしか思えず、汗まみれになって豚みたいにうなりながら、痛みに耐えかねて叫び声をあげている。

自分の体のなかをべつの人間が移動し、外に出ようとしている。詩的な感じなんてしない。ボーリングのボールを排泄《はいせつ》しようとしている感じがする。出産は美しいものだと思っていたが、そんなことはすっかり忘れており、一刻も早く自分のなかから出ていってもらいたいと考えている。喜びと苦しみが交錯し、悲鳴や罵倒《ばとう》となってあらわれる。

担当医が落ちついた口調で話すのを聞いて、ふざけた禿げ頭をぴしゃりとはたいてやりたい衝動にかられる。「ようし、スモーキー。赤ん坊の頭が見えてきたぞ！　あと何回か息めば出てくるよ。さあ、がんばって」

「バカ野郎！」わたしはそう叫んでから息む。ドクター・シャルマーズはどなられようがなんだろうが、わたしには見むきもしない。何十年も前から赤ん坊を取りあげているのだ。

「いいぞ、スモーキー。その調子だ」と、マットがいう。わたしは彼の手を握りしめ、心のどこかでその手の骨を粉みじんに砕いてやりたいと思っている。

「勝手なことをいわないでよ！」と、わたしはどなる。陣痛が襲ってきて思わずのけぞり、つぎからつぎへと悪態をつき、罰あたりで、柄《がら》の悪い暴走族でさえも顔を赤らめそうなほどひどいことばを吐く。息むたびにガスがもれ、おならと血のにおいがする。美しさなんてかけらもないし、だれかれかまわず殺してやりたいと思っている。まもなく、痛みと圧力が強くなって、耐えがたいほどになる。首がぐるぐるまわっているような気がして、やけになってまた毒づく。

「スモーキー、もう一度やってごらん」脚のあいだからドクター・シャルマーズの声が聞こえる。この大混乱の最中にあって、あいかわらず落ちつきはらっている。

なにかがあふれだす音、吸いこまれるような音が聞こえ、痛みと圧力を感じたかと思うと――出てきた。娘がこの世に生まれてきた。生まれてはじめて耳にするのは、罰あたりなことばだ。静寂、はさみで切る音につづいて、痛みも怒りも流血も、なにもかも忘れさせるようなことが起こる。そのせいで時間がとまる。娘の産声《うぶごえ》が聞こえる。先ほどまでのわたしと同じくらい怒っているようだが、人生でいちばんすばらしい声、最高に美しい音楽にしか聞こえず、想像を絶する奇跡にしか思えない。感慨無量で、このまま心臓がとまってもいいと思う。産声を聞き、マットの顔を見ると、わたしは泣き叫びはじめる。

「元気な女の子だ」ドクター・シャルマーズがそういってうしろに寄りかかると、看護師たちが娘をきれいにふいて布でくるむ。ドクターは汗をかいて疲れているようだが、うれしそうな顔をしている。この男、ちょっと前まではなぐりたおしてやりたかったのに、いまは大好きな人になっている。娘を取りあげてくれた人で、わたしは泣きやむことも適切なことばを見つけることもできないけれど、心から感謝している。

アレクサは午前零時をまわったころ、血と痛みと罵声のなかで生まれた。一生に何度もあることではない——完璧なひととき。

息を引きとったのも真夜中だった。暗闇の胎内につれていかれ、そこから生まれてくることは二度とない。

わたしはあえぎ、震え、泣きながら意識を取りもどす。まだ病院の部屋にいる。ジェニーが見おろしている。動揺しているらしい。

「スモーキー！　だいじょうぶ？」

口のなかがねばねばする。頬は涙の塩気でつっぱっている。恥ずかしくてたまらない。病室のドアに視線を投げかける。ジェニーが首を振る。

「心配しないで。だれも来てないわ。あなたが目をさまさなかったら、人を呼ぶところだったけど」

わたしは空気を吸いこむ。パニックに襲われたあとの深呼吸をくりかえす。「よかった」床の上で身を起こし、頭をかかえこむ。「ごめんね、ジェニー。こんなことになるなんて思いもよらなかった」

ジェニーは黙っている。気丈な表情が影をひそめ、あわれみはないが悲しそうな顔をしている。「気にしないで」

彼女はそれしかいわない。わたしはすわりこんだまま空気を吸いつづけ、そのうち呼吸が落ちついてくる。やがて、あることに気づく。夢のなかと同じように、痛みが一気に消えていく。

ボニーが首をまわしてわたしを見ている。ひとつぶの涙が頰を流れ落ちていく。わたしは立ちあがってベッドに近づき、ボニーの手を握る。

「ハーイ、ボニー」と、小声でいう。

彼女は口をきかず、わたしもそれしかいわない。たがいに見つめあい、涙があふれだして頰を濡らしても、ふかずに放っておく。なにしろ、涙はそのためにあるのだから。魂が血を流す方法のひとつなのだ。

12

サンフランシスコのドライバーたちはニューヨーカーによく似ていて、闘争本能を剝きだしにして運転する。いまのところ、道路はやや混雑しており、ジェニーはほかのドライバーたちと激しく戦いながら、サンフランシスコ市警察署にむかって車を走らせていた。あたりにはクラクションと罵声のシンフォニーが響きわたっている。わたしは携帯電話でしゃべっていて、キャリーの声が聞こえるよう片耳に指をつっこんでいた。

「現場のほうはどう?」

「ここの鑑識は有能よ、ハニー。とっても腕がいいわ。さっきから綿密にチェックしているんだけど、なにも見つからなかったんでしょ?」

「けど、科学捜査の点からみて、彼らは抜かりなく調べたみたいよ」

「犯人は慎重なやつなのよ」

「そうね」わたしは〝憂鬱〟の訪れを感じ、押しのける。「ほかの人たちとは連絡をとった？ ダミアンは？ なにかいってきてない？」

「時間がなくてまだ連絡してないの」

「いずれにしても、もうすぐ署につくわ。現場の捜査をつづけて。ダミアンたちにはわたしが連絡する」

キャリーはつかのま黙りこむ。「ねえ、スモーキー、ボニーはどう？」

ボニーはどう？ 答えられるといいんだけれど、答えられないし、いまはそれについて話す気になれない。「よくないわ」

わたしはキャリーがなにもいえないうちに電話を切り、車が街を通りぬけるあいだ、窓から外をながめる。サンフランシスコは急な坂と一方通行道路の迷路で、そこを好戦的なドライバーや路面電車が走りまわっている。霧にかすむ美しさは比類がなく、わたしはむかしから大好きだった。洗練と退廃がまざりあい、破滅か成功のいずれかにむかってすばやく進んでいく。でも、いまはそれほど類いまれな街には思えない。殺人事件が起こる、どこにでもあるような場所にすぎない。それが殺人のやっかいなところなのだ。北極でも赤道でも起こりうる。男も女も、未成年も成人も、だれでも犯人になる可能性がある。罪人も聖人も被害者になりうる。殺人はどこでも起こり、事件はあとを絶たない。わたしの心は暗闇に包まれている。白や灰色ではない。漆黒《しっこく》の闇だ。

警察署に到着すると、ジェニーは混雑している道路を離れ、サンフランシスコ市警の静かな駐車場に乗りいれる。サンフランシスコでは車をとめる場所がなかなか見つからない——神よ、駐車スペースを奪おうとする愚か者を救いたまえ。

わたしたちは警察署の横手のドアから入って通路を進んでいく。ジェニーのオフィスにはアランとチャーリーがいる。ふたりとも目の前のファイルに没頭している。

「お帰り」と、アランがいう。わたしをじろじろ見てようすをうかがっているのがわかる。わたしは気づいていないふりをする。

「ほかの人たちから連絡は？」

「おれにはだれからもないよ」

「なにかわかった？」

アランは首を振る。「まだなにも。ここの刑事たちはまったく役に立たないといいたいところだが、そんなことはない。チャン刑事は部下たちをしっかり管理してるよ」指をパチンと鳴らし、チャーリーにむかってにっこりする。「おっと——すまん。もちろん、忠実な助手も立派にやってるよ」

「それはご親切に」チャーリーはファイルから顔をあげずに応じる。

「作業をつづけて。わたしはジェームズとレオに電話する」

アランは親指を立ててみせ、ふたたびファイルを読みはじめる。

わたしの携帯電話が鳴りだす。「バレットです」

ジェームズの気むずかしそうな声が聞こえてくる。「チャン刑事はどこにいる？」と、怒った声でいう。

「ジェームズ、どうかしたの？」

「あんたのお友だちが来てからでないと、検死官が解剖をはじめようとしないんだ。さっさとこっちに来いって、チャン刑事に伝えてくれ」

なにもいえないうちに、ジェームズは電話を切る。バーカ。

「ジェームズから電話で、死体保管所に来てほしいそうよ」わたしはジェニーに伝える。

「あなたがいないと、検死官が解剖をはじめようとしないんだって」

ジェニーは小さな笑みをもらす。「あの最低男、怒ってるんでしょ？」

「すっごく怒ってる」

彼女の笑みがひろがる。「やった！　すぐに行くわ」

ジェニーは出ていく。わたしはルーキーのレオに電話をかける。番号をプッシュしながら、よけいなことを考える――あの子、オフのときはどんなピアスをしているんだろう？呼び出し音が五、六回鳴ってから出るが、レオの声を聞いて、わたしは身がまえる。うつろで、恐怖におののいている声だ。歯がカチカチ鳴っている。

「カ、カ、カ、カーンズ……」

「レオ、スモーキーよ」

「ビ、ビ、ビ、ビデオ……」

「あわてないで、レオ。深呼吸をして、なにがあったか話して」

彼はまた口を開くが、こんどはささやき声となって出てくる。レオのことばを聞いて、頭がノイズでいっぱいになる。

「さ、さ、殺人の、ビ、ビ、ビデオ。ひどい……」

アランが目に懸念の色を浮かべてわたしを見ている。なにかあったとわかったのだろう。

わたしはなんとか声を出す。「レオ、そこで待ってて。その場を離れないでよ。大至急そっちに行く」

13

このあたりにはアニーの父親が亡くなったときに来たことがあり、なんとなくおぼえている。アニーは高層タワーアパートメントに住んでいた。ニューヨーク・スタイルの建物で、アパートメントというより高級マンションといったほうがよく、ダイニングルームがあって、埋めこみ式の風呂《サンクンバス》までそなわっている。

「建物も立派だし、環境もいい」アランが車のフロントガラスごしに建物を見あげる。

「アニーのお父さん、お金持ちだったのよ」と、わたしはいう。「遺言で全財産をアニーに遺したの」

わたしは清潔で治安のいい一帯を見まわす。サンフランシスコには、ほんとうの意味で〝郊外〟と呼べるところはないが、〝環境のいい近隣地域〟ならたしかにある。都会の喧騒《けんそう》を離れられ、しかも高台にある地域なら、湾を一望におさめることもできる。ビクトリア朝様式の家が建ち並ぶ旧い一帯もあれば、ここのように新しく開発された地域もある。わたしは前に来たときと同じことを考える——殺人事件が起こる可能性がまったくない場所はない。どこにも。殺人事件の発生率がスラム地区より低くても、起こってしまえば、やはり命を落とすはめになる。

車から出ると、アランがレオに電話をかける。「レオ、建物の前に来た。そのまま待ってろ。これからあがっていく」

わたしたちはエントランスから入ってロビーにむかう。フロントの男性は、全員がエレベーターに乗りこむのを見ているだけで、なにもいわない。わたしたちは無言のまま四階にむかう。

警察署を出発してからここに来るまで、アランとわたしはほとんど口をきかなかった。この仕事をしている者にとって、これはなによりもつらい部分なのだ。犯行の現実を目のあたりにする。科学捜査研究所で証拠を調べたり、実習で犯人の精神を分析したりするのと、死体を見たり、部屋に入って血のにおいを嗅ぐのとはわけがちがう。あるとき、アランがこんなことをいっていた。「糞を思い浮かべるのと、口に入れて食うのと、それくらいちがうんだ」

チャーリーは厳しい顔をして黙りこんでいる。おそらく、前の晩のことを思い出しているのだろう。寝室のドアノブをまわしてボニーの姿を見たときのことを。

四階でエレベーターをおりると、わたしたちは廊下を進んで角を曲がる。レオは廊下に出ている。床にすわりこんで壁にもたれ、頭をかかえこんでいる。

「おれにまかせてくれ」と、アランが小声でいう。

わたしがうなずくと、アランはレオに近づいていく。レオの前で膝をつき、巨大な手を彼の肩にかける。大きな手なのにやさしいふれ方をするのは、わたしも経験から知っている。

「おい、だいじょうぶか？」

レオが目をあげてアランを見る。顔が青白い。脂汗《あぶらあせ》でてかてかしている。ほほえもうとさえしない。「すみません。こらえきれなかったんです。見てるうちにもどしちゃって、もうなかにいられなくなって……」声が小さくなってことばがとぎれる。

「なあ、レオ」アランの声は静かだが、じゅうぶんに注意を引きつける。チャーリーとわたしはその場で待つ。さっさとなかに入って仕事にかかりたいのはやまやまだが、ふたりともレオに同情している。わたしたちのような仕事をしている者にとっては、きわめて重要なひとときなのだ。一人前になるための成人式。生まれてはじめて奈落の底をのぞきこみ、悪魔が実在し、むかしからずっとベッドの下にひそんでいたことを知る。本物の悪に面とむかう。この時点で、レオは立ちなおるか転職するかしかない。「おまえ、見ているうちにうろたえたもんだから、自分に問題があると思ってるんだろ？」

レオはうなずいて恥ずかしそうな顔をする。

「だとしたら、おまえはまちがってる。映画の見すぎ、本の読みすぎだよ。映画や本は、タフな男とはどんなやつのことをいうのかとか、死体や暴力を目のあたりにしたとき、警察官はどうふるまうべきかとか、そういったことについてアホらしいイメージを植えつけるんだ。おまえは、死体を見ても動じるどころか、ハムサンドかなんかを手にして、気のきいたジョークを飛ばさなきゃいけないと思ってる。そうだろ？」

「まあ、そんなところです」

「それができないと、めめしいやつだといわれ、先輩たちの前で恥をかくことになる。おまえはゲロを吐いたせいで、この仕事にむいていないと思ってるんだろ？」アランは首をまわしてこちらを見る。「チャーリー、現場を見ても吐かなくなったのは、何回めくらいからだった？」

「四回。いや、五回めかな」

それを聞いて、レオが顔をあげる。

「スモーキー、あんたは？」

「最初からじゃないわね。それだけはたしかよ」

アランはふたたびレオのほうをむく。

「おれは五回めだ。あのキャリーだって吐いたんだぞ。あいつは女王さまだから、ぜったいに認めようとしないがね」アランは目をぐっと細めてレオを見る。「ああいうのをはじめて見る人間にとって、心の準備をしてくれるものなんて、この世にはひとつもないんだ。ただのひとつも。写真を何枚見ようと、事件のファイルをいくつ読もうと関係ない。本物の死体はまったくべつのものなんだよ」

レオはアランを見る。わたしはそのまなざしを知っている。尊敬のまなざし、教え子が恩師にむけるような、崇拝に近いまなざしだ。「すみません」

「気にするな」ふたりとも立ちあがる。

「カーンズ捜査官、報告できる？」わたしは意識して少し厳しい口調でいう。レオにはそうする必要がある。

「はい、できます」

レオは顔色が少しよくなって、しっかりしてくる。わたしにいわせれば、彼はとにかく若い。レオ・カーンズは殺人事件をはじめて経験し、早すぎるとはいえ、やむなく大人になろうとしている赤ん坊なのだ。わがクラブへようこそ。

「じゃ、報告して」

レオは落ちついた調子で話しはじめる。「部屋に入ってパソコンを見つけると、とりあえず初期段階のチェックに取りかかり、仕掛け爆弾やウイルスが存在しないことを確認したんです。つぎに、だれもがかならず最初にすることをしました——最後に修正されたファイルを調べたんです。テキストファイルで、名称は〝ｒｅａｄｍｅｆｅｄｓ（お読みくださいＦ

BI捜査官)〟となっていました」

「ほんとに?」

「はい。ぼくはファイルを開きました。あらわれたのは一行だけ――ブルーのジャケットのポケットを調べろ。ブルーのジャケットなんて見あたらなかった。だから、クローゼットを調べたんです。女ものブルーのジャケットがあって、左のポケットにCD-ROMが入ってました」

「そこで、中身を見ることにしたんでしょ? いいのよ。わたしも同じことをしたと思う」

レオは勇気づけられてことばを継ぐ。「CD-ROMをつくる場合はタイトルをつけます。タイトルを見て、ぼくは好奇心をかきたてられました」ごくりとつばを飲みこむ。「『アニーの死』というタイトルがついていたんです」

チャーリーが眉をひそめる。「くそっ。そんなのを見逃したと知ったら、ジェニーは怒るだろうな」

「つづけて」わたしはレオにいう。

「ぼくはCD-ROMにどんなファイルが入っているか調べてみたんです。ひとつしかなかった。高画質、高解像度のビデオファイルです。基本的には、それだけでCD-ROMの容量をぜんぶ使用します」ふたたびつばを飲みこむ。顔がまた蒼白になっていく。「ファイルをクリックすると、プレーヤーが開いてビデオの再生がはじまりました。画面に……」首を振り、気持ちをしっかりさせようとする。「すみません。犯人はビデオを編集してつくったんです。最初から最後までをすべて追ったビデオではありません——まるごとぜんぶとなると、ビデオのサイズでは大きすぎて、CD-ROMに収まりきらないでしょう——いうなればゃ……モンタージュみたいなものです」

「アニー殺害のモンタージュ」わたしはレオにかわっていう。彼は自分でいう気になれないらしい。

「そうです。とにかく——ことばではいいあらわせないんです。見たくなかった。でも、見ずにいられなかった。そのうち気分が悪くなってもどしはじめて、そしたらバレット捜査官から電話がかかってきたんです。そのあと廊下に出て待っていると、みなさんが来たんですよ」

「寝室で吐いたわけじゃないよな?」と、チャーリーが訊く。

「なんとか我慢してバスルームに駆けこみました」

偉いぞとばかりに、アランがキャッチャーミットみたいな手でレオの背中をバンとたたく。レオが入れ歯をしていたら、口から飛びだしていただろう。「ほらな。おまえには素質があるんだよ、レオ——吐きそうになっても、冷静に対処した。よくやった」

レオはアランのほうをむき、照れくさそうに力なくほほえんでみせる。

「ビデオを見よう」と、わたしはいう。「レオ、気が進まないようなら、いっしょにいなくてもいいわよ。遠慮しないで」

彼はわたしをまっすぐ見すえる。驚くほど成長し、考えているような目つきだ。レオのまなざしを見るなり、彼の考えがわかる。アニーはわたしの友だちだったと考えているのだ。彼女が殺されるシーンを見る——わたしにそれができるのなら、ほかの人はみんな見ていられるはずだ。レオの考えていることが手にとるようにわかる。その目が思いを語っている。まなざしが厳しくなっていき、やがて決然として首を振る。「いいえ。コンピュータ関係はぼくの担当ですからね。自分の役割を果たします」

わたしは彼の強さを認める。わたしたちがその種のことを認めるときのように——なんとも思っていないようにふるまう。「わかった。それじゃ案内して」

レオがアパートメントのドアを開けると、全員でなかに入っていく。記憶にあるようすとさほど変わっていない。寝室が三つ、バスルームがひとつ、ひろびろとしたリビングルームとすばらしいキッチン。なによりも印象的なのは、いたるところにアニーの雰囲気がただよっていることだ。住まいの命といえる装飾にも、彼女らしさがうかがえる。いちばん好きな色はブルーだった。ブルーのカーテン、ブルーの花瓶、ブルーの大空の写真。苦心したようすは見られず、一流品を配したり金箔《きんぱく》で飾りたてたりしているわけではないのに、高級感にあふれている。なにからなにまでマッチしているが、〝流行に乗りおくれるな〟と考えているような、強迫観念にかられたいやみなコーディネートではない。控えめな美しさの典型。

おだやかなのだ。

アニーにはむかしからそんな才能があった。わざわざ考えなくても飾れる能力。身につける服から手首の腕時計にいたるまで、なにもかもセンスがよく、わざとらしい感じにもやぼったい感じにもならなかった。派手ではなく、あくまでも上品。アニーにとってはごく自然なことで、わたしはそれを感じるたびに、彼女の内面の美しさのあらわれだと思っていた。アニーはまわりの人がどう思うかを考えてものを選んでいたわけではない。ものが彼女に呼びかけてくるから選んでいた。自分にふさわしいから、ぴったり合うから選んでいたのだ。彼女のアパートメントはそれを反映していた。アニーの魂がうっすらとした埃《ほこり》のように部屋をおおっている。

しかし、ここにはべつのものも存在する。

「なんかにおわないか？」と、アランがたずねる。「なんだろう？」

「香水と血よ」と、わたしはつぶやく。

「コンピュータはこっちです」レオがそういってわたしたちを寝室に案内する。

調和はここで失われている。〝彼〟はここで作業をした。アニーの無意識の美しさの意識的な正反対。ここで、ある人物が躍起になって調和を乱そうとした。おだやかさを崩そうとした。美しさを破壊しようとした。

カーペットには血のしみがついており、アニーの香水にまじって強烈な腐敗臭が鼻をつく。このふたつは対照的だ。ひとつは生のにおい、もうひとつは死のにおい。ナイトテーブルがひっくりかえり、電気スタンドがこわれている。壁には引っかき傷がつき、部屋全体がささくれだった険悪な空気に包まれている。犯人はここにやってきて部屋そのものをレイプしたのだ。

レオがコンピュータの前に腰をおろす。わたしはアニーのことを考える。

「見せて」と、わたしはレオにいう。

レオの顔が青ざめる。マウスを動かし、矢印をファイルの上にあててダブルクリックする。ビデオプレーヤーがあらわれてスクリーンを埋めつくし、ビデオが再生される。アニーの姿が見えると、心臓がとまりそうになる。

全裸で、手錠をかけられてベッドにつながれている。ジョセフ・サンズに襲われたときのことを思い出し、苦いものが喉もとにこみあげてくる。それをなんとか押しもどす。

犯人は黒ずくめの服装をして目出し帽をかぶっている。

「ニンジャの格好をしてるのか?」アランが低く響く声でいい、うんざりして首を振る。「信じられない。やつは冗談でやってるんだ」

わたしのハンターとしての勘が自動的に作動しはじめる。犯人の身長は百八十センチくらい。引きしまった体つき――筋肉質と痩せ型の中間といったところか。目のまわりの肌から白人だとわかる。

わたしは犯人がしゃべるのを待っている。音声認識技術は驚くほど発達しており、声が聞こえれば、重要な手がかりになるかもしれない。ところが、犯人はカメラがとらえている範囲から姿を消してしまう。なにかをいじっているらしく、小さな音が聞こえる。カメラの視界にもどってくると、レンズをまともにのぞきこむ。目のまわりにしわが寄っていることから、目出し帽の陰で笑っているのがわかる。犯人は片手をあげ、指を立てて数えはじめる。

ワン、ツー、ワン、ツー、スリー、フォー……。

ビデオに映る部屋に音楽があふれ、まわりの雑音をかき消す。すぐになんの曲かわかる。わかると同時に、気分が悪くなって吐きそうになる。もう少しで。

「くそっ」と、チャーリーがささやく。「ローリングストーンズか?」

「ああ。『ギミ・シェルター』だ」と、アランがいう。怒っているせいで、声に張りがない。「この変態野郎にとっては、お笑いぐさにすぎないんだ。ムード音楽のつもりなんだろう」

ボリュームをあげてかけており、歌声が大音量で流れてくる。テンポがあがると、犯人は踊りはじめる。ナイフを手にして、アニーとカメラのために踊ってみせる。狂乱的だが、たしかにリズムに合わせて体を動かしている。リズムに乗った狂気だ。

〝レーエーイプ・アンド・マーダー……〟

レイプして殺す……それでこの曲を選んだのか。これが彼のメッセージなのだ。ここへ来る前にわたしが感じたことと同じだ。わたしたちはレイプや殺人ととなりあわせの生活を送っている。アニーもそれに気づいていたにちがいない。そう思って、わたしはつかのま目を閉じる。彼女の目を見ればわかる。恐怖と絶望が入りまじっている。

犯人は踊るのをやめたものの、あいかわらずリズムに合わせて体を小刻みに動かしている。無意識のうちに動いているのかもしれない。そうとは気づかないまま、歌に合わせて足でリズムをとっている人のように。彼はベッドのそばに立ってアニーを見つめている。魅了されているように見える。アニーはもがいている。音楽にかき消されて聞こえないが、猿ぐつわを通して悲鳴をあげているのがわかる。犯人がもう一度カメラを見る。まもなく、ナイフを手にして身をかがめる。

そこから先はレオのいったとおりだ。モンタージュ。傷つけられ、レイプされ、恐怖におののくアニーの姿が、フラッシュを浴びたようにぱっと浮かびあがる。犯人はナイフを使い、じっくり時間をかけて傷つけていく。ゆっくり切るのが好きらしい。長く切るのが好きらしい。アニーの体のいたるところにナイフの刃でふれる。フラッシュがあたって新しい画像が浮かぶたびに、わたしはショックをうけ、体がびくっと動く。全身が痙攣し、車のバッテリーで感電させられているような気分になる。フラッシュ、ショック、痙攣、アニーが傷つけられている。フラッシュ、ショック、痙攣、アニーがレイプされている。フラッシュ、ショック、痙攣、彼が切り、切って、切って、切りつづけ、いっこうにやめようとしない。アニーの目が苦悩に満ちていく。彼女の目が恐怖に満ちていく。そのうちうつろになり、宙を見つめる。まだ息はあるが、意識はない。犯人は狂喜している。雨乞いの踊りをしているが、雨ではなく血を求めている。わたしはアニーが死んでいくのを見つめている。尊厳はなく、ゆっくりと無残な最期《さいご》を遂げようとしている。凶行が終わったころには、アニーはとっくに息絶えていた。腸を抜かれた魚のようだ。アニー――少女時代にわたしが抱きしめ、ともに成長し、愛してきた女性――が死んでいくのを見るのは、あのベッドに縛りつけられたまま、叫び声をあげるマットをながめるのに似ている。

アニーが死んでから、わたしはほんとうには泣いていなかった。いまは泣いていて、しかも、最初から最後まで泣いていたことに気づく。

声には出していない。涙がいくつもの川となって頰を流れていく。涙は、マットのほかにわたしのすべてを知っていた唯一の人物の死を悼《いた》んでいる。わたしはこの世でひとりぼっちになった。根をなくし、耐えていけるかどうかわからない。

アニー――あなたがこんな目にあうなんてどうかしてる。

わたしは涙をふこうとしない。恥ずかしいとは思わない。涙を流して当然だからだ。

ビデオの再生が終わっても、だれも口を開かない。

「もう一度再生して」と、わたしはいう。

もう一度再生して――わたしのなかにドラゴンが棲《す》んでいて、眠りからさめようとしているからだ。目をさまして怒り狂ってもらう必要がある。

14

「ちょっと確認させてくれ」と、アランがいう。「犯人はこのビデオを撮っただけじゃなく、時間をかけて編集までしたってことか？」

レオが勢いよくうなずく。「そうです。けど、このコンピュータで編集したわけじゃない。ハードディスクの容量がたりないし、編集用のソフトもありません。犯人は高性能のノートパソコンをもってきたんじゃないでしょうか」

アランが口笛を吹く。「冷酷なやつだな、スモーキー。つまり、アニーが死んでベッドに横たわり、ボニーが見ているなかで、腰を落ちつけてビデオを編集してたことになる。あるいは、もっとひどいことをしてたかもしれない」

わたしの涙については、だれもふれない。むなしさはおぼえるが、いまはもう感覚を失っているわけではない。

「冷酷、計画的、有能、技術的にすぐれ……まちがいなく本物ね」と、わたしはいう。

「どういう意味ですか?」と、レオがたずねる。

わたしはレオのほうをむく。「彼は人間として一線を越え、もう二度ともどってこないっていう意味よ。自分の行為に酔いしれてた。やってるときは生き生きしてた。そこまで好きなことを、一度きりでやめるわけがないわ」

レオはその考えに面食らったらしく、わたしを見る。「で、つぎは?」

「あなたたちには出ていってもらって、ジェームズを呼ぶ」

わたしはそういいながら自分の声を聞いて、冷たい響きに気づく。やれやれ。ついにはじまった。まだちゃんと残っている。たいしたものだ。

チャーリーとレオはわけがわからないらしい。アランはわかっている。にっこりするが、ほんとうに喜んでいるわけではない。「スモーキーとジェームズのためにおれが場所をあけてくれ。おれたちも仕事が山ほどある。なんだったら、ジェームズのかわりにおれが検死官のところへ行こうか?」と、わたしに訊く。

「そうね……」わたしは返事をするが、気が散ってぼんやりしている。三人が出ていったのもはっきりとはわからない。わたしの頭のなかは、だだっぴろい空き地と化している。目ははるかかなたを見つめている。

闇の列車がやってくるからだ。

遠くから聞こえてくる。シュッ、シュッ、シュッ、シュッ。牙と熱と闇でできた列車が煙を吐きながらやってくる。

闇の列車（わたしはそう呼んでいる）と出会ったのは、はじめて事件を担当したときだ。説明するのはむずかしい。人生の列車は、正常性と現実の線路を走る。人類の大半は、生まれてから死ぬまで、この列車に乗ってすごす。笑いと涙、苦難と歓喜にあふれている。乗客たちは完璧ではないが、ベストをつくしている。

闇の列車はちがう。

闇の列車は、バリバリと音をたてたりグシャッとつぶれたりするものでできた線路を走る。この列車にはジャック・ジュニアのような連中が乗っている。殺人やセックスや悲鳴を燃料にしている。血を飲む黒い大蛇に車輪がついているようなものだ。人生の列車から飛びおりて森を駆けぬければ、闇の列車を見つけることができる。線路にそって歩いたり、通過する列車と並んで走ったり、貨車のなかで泣き叫ぶ乗客を見たりすることもできる。列車に飛びのって死体車両に入り、ささやき声や骨をかきわけて進んでいくと、車掌室に行きつく。車掌というのは、追われているモンスターで、いくとおりにも姿を変える。ずんぐりした禿げ頭の四十男になることもあれば、すらりとしたブロンドの若者に変身することもある。めったにないが、女性になる場合もある。闇の列車に乗れば、愛想笑いや三つぞろいのスーツの陰に隠された車掌のありのままの姿が見える。暗闇に目を凝らしてひるまずに見れば、かならずわかるはずだ。

わたしの追跡する殺人者たちは、心のなかではおとなしくしているわけでもほほえんでいるわけでもない。体の細胞はひとつ残らず、果てしなくつづく悲鳴でできている。彼らはわけのわからないことをまくしたて、目をかっと見開き、邪悪で、血まみれになっている。人肉をむさぼり食いながらマスターベーションにふけり、自分の体に脳みそや排泄物をなすりつけながら、のぼりつめてうめき声をあげる。彼らの魂は歩かない――ずるずるすべり、のたうち、這っていく。

闇の列車というのはただたんに、わたしの頭のなかにあって、殺人者の仮面を剝《は》ぎとる場所のことだ。目をそむけずにじっと見つめる場所。あとずさりしたり、大目に見たり、いいわけをさがしたりすることなく、すべてを認める場所。彼の目には蛆虫《うじむし》がわいている。彼は殺した子どもたちの涙を飲む。そこには殺人しかない。

「おもしろいね」と、ドクター・ヒルステッドはいった。セラピーでわたしが闇の列車について説明したときのことだ。「スモーキー、わたしが訊きたいのは――そして、懸念してるのは――こういうことなんだ。その列車にいったん乗ったらぜったいに降りないのは、なぜなんだね？　きみ自身が車掌になってしまうことがないのは、どうしてなんだ？」

わたしは思わず笑みをもらした。「相手を見れば――しっかり見れば――その危険性はぜんぜんないんです。自分に似ていないってわかるんですよ。似ても似つかないって」わたしは首をまわしてドクター・ヒルステッドを見つめた。「車掌の仮面をすっかり剝ぎとれば、異質のものだとわかるんです。ちがうもの。人間じゃないんですよ」

ドクター・ヒルステッドはわたしのことばを認め、ほほえみかえした。だが、目つきは納得していないようだった。

ドクター・ヒルステッドには話さなかったが、車掌になるかどうかは問題ではない。問題は、車掌――仮面を剝がれた状態の彼――から目をそらせるかどうかなのだ。何カ月かかかる場合もある。悪夢にうなされ、冷や汗をかいて夜明けに目をさます日々が何カ月もつづく。マットにとってなによりもつらいのは、わたしがそれについて話して聞かせられないことだった。わたしは閉ざされた部屋にいて、マットはそこに入ってくることができなかった。

それが、闇の列車に乗った場合に払う代償なのだ。自分の一部が孤独になる。ふつうの人なら一生味わうことのない孤独、自分以外の人はだれも入ってこられない孤独。わずかながら自分の一部が永遠に孤独になってしまうのだ。

アニーが死んだ場所にたたずんでいるうちに、わたしにむかって疾走してくるのがわかる。こちらにむかって走ってくると、通過するのをただながめている場合でも、車両のなかを歩いている場合でも、まわりの人が邪魔になる。だれに対しても、よそよそしく、冷たく……感じの悪い人間になってしまう。例外はひとりだけ。闇の列車を理解しているもうひとりの人物。

ジェームズは理解している。欠点はたくさんあるし、本気でむかつく男だが、ジェームズはわたしと同じ能力をもっている。車掌が見え、列車に乗れるのだ。

比喩的なことをいっさい除いていうと、闇の列車とは、高いところに設けられた監視の場のようなもので、悪魔との一時的な共感によって生みだされる。

しかも、不快な場所だ。

わたしは部屋を見まわし、自分の体に浸透させる。犯人を感じる。においがする。彼の味や声もわかるようにする必要がある。彼をむこうへ押しやるのではなく、自分のほうへ引きよせなければならない。恋人のように。

そのことは、ドクター・ヒルステッドには話さなかった。これからも話さないと思う。そんな行為、そんな密接な関係は、動揺する原因になるばかりか――病みつきになるということを話すつもりはない。刺激的なのだ。犯人はなんでも追跡する。わたしは犯人だけを追跡する。けれども、血への執着は同じくらい濃くて強い。

彼はここにいた。だから、わたしもここにいなければならない。彼を見つけだし、彼の影、蛆虫や悲鳴にすりよっていく必要がある。

最初に感じとるものはいつも同じで、今回も変わらない。他人の領域に侵入したときの彼の興奮だ。人間は他人とのあいだに境界線を引き、自分の空間をつくりだす。その空間の所有権を尊重するために、たがいに合意する。これはごく基本的なこと、根本といっていい。あなたの家は、あなたの家。ドアさえ閉めればプライバシーが守られ、よそ行きの顔をつづける必要はない。ほかの人間が入ってくるのは、招かれたときだけ。他人がプライバシーを尊重するのは、彼らもプライバシーを求めているからだ。

モンスターたちが最初にするのは、彼らを最初に興奮させるのは、その境界線を越えることだ。モンスターたちは窓からなかをのぞきこむ。相手を日がな一日つけまわして監視する。相手が留守にしているあいだに家に入りこみ、プライベートな空間に歩を進め、プライベートな品物に体をこすりつけることもある。プライバシーを侵害するのだ。

モンスターは人のものを破壊して欲情にかられる。

あるモンスターをつかまえたときの事情聴取をおぼえている。被害者は幼い少女たちだった。五歳の子もいれば、六歳の子もいたが、それより年上の子はひとりもいなかった。わたしは少女たちの事件前の写真を見た――頭にリボンをつけて楽しそうに笑っていた。事件後の写真も見た――レイプされ、痛めつけられ、殺されていた。悲鳴をあげつづける小さな遺体。事情聴取を終え、取調室を出ようとして、ふと、ある疑問が心に浮かんだ。わたしは彼のほうにむきなおった。

「どうしてあの子たちなの?」と、わたしは質問した。「なんであの少女たちなの?」

彼はにやりと笑った。満面の笑み、ハロウィーンのカボチャみたいな笑みだった。目はきらきら光るふたつのからっぽの井戸のようだった。「いろいろ考えて、あれがいちばんひどいことだったからさ。ひどければひどいほど――」そこで舌なめずりをした。「――気持ちよくなるんだ」彼はうつろな目を閉じ、夢想にふけっているように首を前後に揺らした。「幼い子……ああ……ひどいことをしていると思うと、天にものぼる心地だったよ！」

この欲求をあおるのは怒りだ。ちょっとしたいらだちではない。熟しきった激しい怒り。轟音《ごうおん》をたてて燃えさかり、永遠に消えることのない炎のような怒りなのだ。それがいまここでも感じられる。犯人は予定どおり慎重にふるまいながらも、しまいには半狂乱になって破壊した。抑制がきかなくなっていたのだ。

このような激しい怒りは、たいていは子どものころに経験した極端な残虐行為から生みだされる。暴行、拷問、異常性行為、レイプ。モンスターの大半には、フランケンシュタインを生みだした博士みたいな親がいる。精神のゆがんだ人間が、自分のイメージどおりの子どもをつくりだす。子どもたちの心をさんざん痛めつけて世に送りだし、ほかの人びとを傷つけさせる。

だからといって、じっさいになにかが変わるわけではない。少なくとも、わたしの仕事では。モンスターたちは、例外なく、救いようがない。犬がなぜ嚙みつくのかは、つまるところ、問題ではない。嚙みつくかどうか、歯が鋭いかどうかで、その犬の運命が決まるのだ。

わたしはこれだけのことを知っていて、それに耐えている。これだけのことを理解していて、それに耐えている。望んでもいないのに、まつわりついてきて離れようとしない。モンスターたちはわたしの影となってついてくる。背後でクスクス笑っているのが聞こえてきそうな気がする。

「長期的にはどんな影響があるんだね?」あるとき、ドクター・ヒルステッドがたずねた。

「情緒的になんらかの恒久的変化があるとか?」

「そう——もちろん。当然ですよ」わたしは必死になって適切なことばをさがそうとした。「ふさぎこむとか、皮肉っぽくなるとかじゃありません。どんなときでも満足できないわけじゃない。なんていうか、ほら……」ドクターの顔を見ながら指を鳴らした。「魂の気候の変化」ことばが口をついて出るなり顔をしかめた。「妙に詩的でバカげたいいまわしですよね」

「そんないい方はやめなさい」ドクター・ヒルステッドはさとした。「的を射たことばをさがすのは、バカげたことなんかじゃないよ。明確化というんだ。考えを最後まで聞かせてくれ」

「なんていうか……海に近い陸地の気候がどんなことで決まるか知ってますよね? 近いということが決め手になるでしょ? 気まぐれで気候が変化することはあるけど、たいていは定まっている。海が巨大だから、ほんとうには変化しない」わたしがドクター・ヒルステッドを見ると、彼はうなずいた。「そんな感じ。バカでかくて、暗くて、ぞっとするようなものが絶えず近くにいる感じ。いつもそばにいて、つきまとっている。片ときも離れないんです」わたしは肩をすくめた。「それが魂の気候に影響をおよぼしてるの。永遠に」

ドクター・ヒルステッドは悲しそうな目をしていた。「どんな気候なんだね?」

「雨が多い場所の気候。さわやかなときもあるわ。よく晴れた日も、たまにはある。でも、どんよりと曇った日が圧倒的に多くて、いつも雨が降りだしそうなんです。それは絶えず近くにいる」

アニーの寝室を見まわしているうちに、頭のなかで彼女の悲鳴が聞こえてくる。いまは雨が降っている。アニーは太陽で、彼は雲だ。それじゃ、わたしは? またしても詩的でバカげた考えだ。「月よ」と、ひとりごとをいう。闇を背にした光。

「来たよ」

ジェームズの声がして、はっとわれに返る。ドアのところに立ってのぞきこんでいる。部屋のあちこちに視線をさまよわせ、血痕やベッド、ひっくりかえったナイトテーブルを確認していく。ジェームズの鼻孔がひろがる。

「なんのにおい?」と、彼がつぶやく。

「香水。タオルにしみこませてドアの隙間につめこみ、アニーの遺体のにおいがもれないようにしたのよ」

「時間稼ぎか」

「でしょうね」

ジェームズはファイルの入ったフォルダーをあげてみせる。「アランからもらってきた。犯行現場の報告書と写真だ」

「ありがとう。あなたもビデオを見て」

この手のことがはじまると、いつもつぎのようなことが起こる。わたしたちは自動小銃の撃ち合いのように、つぎからつぎへと短いことばをかわす。リレー走者になってバトンのうけわたしをくりかえす。

「見せてくれ」

ふたりで腰をおろし、わたしはもう一度ビデオを見る。ジャック・ジュニアが踊りまわり、アニーが悲鳴をあげながらゆっくりと死んでいくさまをながめる。今回はなにも感じない。動揺しない――ほとんど。距離をおいて客観的にながめ、目をぐっと細めて列車を見つめる。アニーの姿が頭に浮かぶ。草地に横たわって死んでおり、開いた口に雨が降りそそいで、土色に変わった頬をしたたりおちていく。

ジェームズは静かにしている。「どうしてこんなものを残していったんだろう?」

わたしは肩をすくめる。「まだそこまでいっていないの。最初から検討してみない?」

ジェームズがファイルを開く。「遺体が発見されたのはきのうの午後七時ごろ。死亡時刻はおおまかだが、腐敗の進みぐあいや周囲の気温などからみて、検死官によると、三日前の午後九時から十時と推定される」

わたしはじっくり考える。「犯人は何時間か彼女をレイプしたり痛めつけたりしてるはずよ。つまり、ここにやってきたのは七時ごろってことね。アニーとボニーが眠ってるあいだに侵入したわけじゃない。どうやって入ったんだろう？」

ジェームズがファイルを調べる。「無理やり侵入した形跡はなし。アニーが迎えいれたか、自分で入ったか」顔をしかめる。「大胆なやつだな。みんながまだ動きまわってるときに入ってきたんだから。よっぽど自信があるんだろう」

「でも、どうやって入るの？」わたしたちは顔を見あわせて考える。

〝雨、雨、あがれ……〟

「リビングルームからはじめよう」と、ジェームズがいう。

自動小銃の撃ち合い。バン、バン、バン。

わたしたちは寝室を出て廊下を進み、玄関に立った。ジェームズがあたりを見まわす。視線をさまよわせていたが、そのうち動きをとめる。「ちょっと待ってくれ」ジェームズはアニーの寝室に引きかえし、ファイルをもってもどってくる。写真を差しだす。

「こうやって入ったんだ」

玄関のドアを入ってすぐのところの写真が数枚ある。ジェームズがなにを見せようとしているかわかった。封筒が三つ、カーペットの上に落ちている。わたしはうなずく。「なんてことはない――ノックしたのね。アニーがドアを開けると、いきなり入りこみ、彼女は手にしていた郵便物を落とす。あっというまのできごとだった。電光石火の早わざ」

「でも、まだ宵《よい》の口だった。彼女が悲鳴をあげてアパートメントの住人に聞きつけられる恐れがあるのに、どうやって阻止したんだろう？」

わたしはジェームズからファイルを引ったくり、写真を見ていく。ダイニングテーブルの写真を指さす。「これ」小学校の算数の教科書が開いたままおいてある。わたしたちはテーブルに目をやる。「三メートルと離れていない。アニーがドアを開けたとき、ボニーはここにいたのよ」

ジェームズが理解してうなずく。「犯人は娘を押さえつけ、母親をいいなりにさせたのか」といって口笛を吹く。「ワオ。ずかずかと入ってきたわけだ。なんのためらいもなく」

「奇襲をかけたのね。アニーに隙をあたえなかった。いきなり入ってきてドアを閉めると、まっすぐボニーのところへ行き――たぶん、彼女の喉に武器をつきつけ――」

「――母親にむかって、叫んだりしたら娘の命はないといった」

「たぶんね」

「果敢な行動だな」

〝雨、雨、あがれ……〟

ジェームズは口をすぼめて考えこむ。

「そこで、つぎの質問は――どれくらいしてから、犯人は仕事に取りかかったのか？」ほんとうにはじまるのはここからだ。それまでは闇の列車を見つめていただけだが、ここからはふたりで乗りこむ。「質問はいくつかあるわ」わたしは指で数える。「どれくらいしてから仕事に取りかかったのか？ 犯人はアニーに、なにをするつもりか伝えたのか？ そのあいだ、ボニーをどうしてたのか？ 縛っておいたのか？ それとも無理やり見せたのか？」

わたしたちは玄関のドアをながめて考える。そのときのことが頭に浮かぶ。犯人の気配が感じられる。ジェームズも同じことをしている。

〝玄関の前は静かで〟彼は興奮している。胸を高鳴らせながら、アニーがドアを開けるのを待つ。片手をあげてもう一度ノックし、もう一方の手には……なに？ ナイフ？

そう、ナイフをもっている。

アニーが出てきたら、つくり話をするつもりでリハーサルを重ねてきた。ありふれた話。たとえば……自分は下の階の住人で、訊きたいことがあるとか。違和感のない話。

アニーがドアを開ける。それも大きく。まだ宵の口で、街は眠っていない。アニーはうちにいる。アパートメントにはオートロックが設置されている。照明はぜんぶついている。不安になるわけがない。

アニーがなにもできないうちに、彼は無理やり入りこむ。押し入ってアニーをつきとばばし、ドアを閉める。つづいて、ボニーのところへ走っていく。彼女を引きよせ、喉にナイフをつきつける。

「声をあげたら、娘の命はない」

悲鳴が喉まで出かかるが、アニーは必死に押しもどす。ショックでわれを忘れている。あっというまのできごとで、なにがなんだかわからない。まだ信じられず、なにかわけがあるはずだと考えている。もしかしたら、『どっきりカメラ』かもしれない。友だちの悪ふざけかも。もしかしたら……突拍子もないいたずらかもしれない。どんなにとっぴなことでも、これは事実なのだといわれるよりましだろう。

ボニーが不安に満ちた目で母親を見あげている。

そのころにはアニーも、いたずらではないとわかっていたにちがいない。見知らぬ男が娘の喉にナイフをつきつけている。これは現実なのだ。

〝「なにが目的なの？」〟それがアニーの最初の質問だった。相手と取引をしようと思っていた。男は自分たちの命を狙っているわけではない。金かレイプが目的なのだろう。神さま、お願い。どうかロリコンなんかじゃありませんように〟

わたしはあることを思い出す。「喉に小さな切り傷があった」

「えっ？」

「ボニーよ。喉のくぼみのところに小さな切り傷があったの」わたしは自分の喉にふれてみせる。「ここよ。病院で見たの」

ジェームズがそのことを考えているのがわかる。表情が険しくなっていく。「ナイフで傷つけたのか」

むろん、たしかではない。でも、そんな感じがする。

〝男はナイフをあげ、先端でボニーの喉のくぼみをちくりと刺す。たいした傷ではない。血がひとしずく。はっと息をのむ音が一回。とはいえ、それだけでも彼が本気だというのがわかって、アニーの心臓はとまりそうになり、それから狂ったように鼓動しはじめて震えだす。

「いうことをきけ」と、男はいう。「きかないと、娘を殺す。じっくり時間をかけて死なせてやる」

その瞬間、なにもかも終わった。ボニーを人質にとられて、アニーは彼のいいなりになったのだ。

「いうとおりにするから、娘を傷つけるのはやめて」

男はアニーの恐怖を嗅ぎとって興奮する。ズボンのなかで股間がふくらみはじめる〟

「犯人がアニーをレイプしたり痛めつけたりするあいだ、ボニーはそばにいたんじゃないかしら。彼はボニーになにもかも見せたんだと思う」と、わたしはいう。

ジェームズが首をかしげる。「なぜそう思う？」

「理由はいくつかあるわ。まず、ボニーを殺さなかったから。どうして？　生かしておけば、押さえつけなければならない相手がもうひとり。殺したほうがよっぽど楽だったはずよ。けど、餌食《えじき》になるのはアニーだった。彼は傷つけることにのめりこんでいる。人の不安が、苦しみが大好きなのよ。彼の命令で、ボニーはそばにいて、アニーは娘がそばにいてなにもかも見ていると知っている……正気を失いそうになるにきまってる。彼はそれを見て狂喜していたにちがいない」

ジェームズはそれについてじっくり考える。「同感だな。ただし、それにはもうひとつ理由がある」

「というと？」

彼はわたしの目を見すえる。「あんただ。やつはあんたのことも狙っているんだよ、スモーキー。ボニーを傷つければ、傷はそれだけ深くなる」

わたしは愕然としてジェームズを見つめる。

彼のいうとおりだ。

シュッ、シュッ、シュッ、シュッ、闇の列車がスピードをあげていく……。

〝「いうことをきかないと、ママを傷つけるよ」と、男はボニーにいう。母娘の愛情を利用し、牛を追うようにふたりを寝室のほうへ追いたてる〟

「犯人はふたりに命じて寝室に行かせる」わたしは廊下を進んでいく。ジェームズもついてくる。ふたりで寝室に入っていく。「彼がドアを閉める」わたしは腕を伸ばしてドアを閉める。アニーの姿が目に浮かぶ。ドアが閉まるのをながめているが、開くのを見ることはもう二度とないとは思っていない。

ジェームズはベッドを見つめて考えている。思いをめぐらせている。「やつはまだふたりを押さえつけなければならない」と、彼はいう。「ボニーのことは恐れていないはずだが、アニーを拘束するまでは気を抜けない」

「ビデオでは、アニーは手錠をかけられていた」

「うん。自分で手錠をかけさせたんだろう。かけるのは片手だけでじゅうぶんだ」

〝「これをかけろ」彼はアニーにそういってバッグから手錠を取りだし、彼女に放り投げて……〟

いや、ちがう。早もどし。

〝彼はボニーの喉にナイフをつきつけている。アニーに目をむける。頭のてっぺんからつま先まで視線を走らせ、目で彼女を自分のものにする。アニーにそれをしっかりとわからせる。

「脱げ」と、彼はいう。「おれのために脱げ」

アニーがぐずぐずしていると、彼はボニーの喉につきつけたナイフを小さく動かしてみせる。「脱げ」

ボニーの目の前で、アニーは泣きながら脱ぎはじめる。ブラジャーとパンティーはつけておく。最後の抵抗。

「ぜんぶ!」彼はアニーにむかってどなる。ナイフを小さく動かす。

アニーは命令にしたがうが、いまはもう泣きじゃくって……〃ちがう。早もどし。

〃アニーは命令にしたがい、泣くまいと歯を食いしばる。娘のためにしっかりしなければいけないと思って。ブラジャーをはずしパンティーを脱ぐと、ボニーの目を見つめる。「わたしの顔を見て」と心のなかで念じ、ボニーにいいきかせる。「わたしの顔を見るのよ。いま起こってることじゃなくて。その男のことでもなくて」

彼はもってきたバッグから手錠を取りだす。

「手錠をかけてベッドにつなぐんだ」と、アニーにいう。「さっさとやれ」

彼女はいわれたとおりにする。ボニーの細い手首と足首にかける。彼はバッグに手をつっこんで手錠をもうふたつ取りだす。錠のかかる音が聞こえると、彼はボニーのすすり泣きを無視して猿ぐつわを嚙ませる。ボニーは懇願するようなまなざしで母親を見る。「やめさせて!」と、目で訴えている。娘を見て、アニーはむせび泣く。

彼はいぜんとして慎重にふるまっている。細心の注意を払っている。安心するのはまだ早い。アニーのそばへ行き、あいているほうの手首に手錠をかけてベッドにつなぐ。つづいて、左右の足首にも手錠をかける。さらに、猿ぐつわを噛ませる。やっと。これでやっと安心できる。獲物は拘束されている。もう逃げられない。逃げようともしない〟

逃げなかったのだろう。

〝これでやっと心ゆくまで楽しめる。

彼は時間をかけて部屋のセッティングをする。ベッドを移動し、ビデオカメラの位置を調節する。なにごとにもきちんとしたやり方がある。重要、不可欠な均整美というものがある。あせりは禁物。ひとつまちがえると、行為の美しさがそこなわれる。行為こそすべて。彼の空気、彼の水なのだ〟

「ベッド」と、ジェームズがいう。

「えっ？」わたしはわけがわからずにベッドを見る。

ジェームズが立ちあがり、ベッドの足もとに歩みよる。クイーンサイズベッドで、まるみを帯びたなめらかな木でできている。つくりがしっかりしている。

「やつはどうやってベッドを動かしたんだろう？」ジェームズはヘッドボードのほうへまわってカーペットを調べる。「引きずった跡がある。自分のほうへ引っぱったんだ」ベッドの足もとにもどってくる。「このあたりをつかみ、うしろむきに歩いて引っぱってきたはずだ。てこの原理を利用するはずだから……」ジェームズは膝をつく。「下のところをつかんでもちあげたにちがいない」立ちあがってベッドの脇へまわると、うつぶせに寝てベッドの下に肩までもぐりこむ。懐中電灯がつき、少しして消える。ベッドの下から出てきたとき、ジェームズは笑みを浮かべている。「粉がついていないところをみると、指紋は採取していないらしい」

わたしたちは顔を見あわせる。それぞれが心のなかで祈っているのがわかる。

ラテックスの手袋をしていれば、なにかにさわっても指紋はつかないと考えている人が多いが、それはまちがっている。たいていの場合は、まちがいではない。しかし、ぜったいに指紋がつかないとはかぎらない。ラテックスの手袋はもともと外科医のために開発されたもので、手術中の無菌状態を維持できるようにつくられている。同時に、外科医が正確さや敏感さを失うことなく器具類を使えるように、手術用の手袋は第二の皮膚のように密着しなければならない。ラテックスの手袋は非常に薄くて密着するため、手や指先の皮膚の起伏や線にぴったりそうことになる。もし——低いとはいえ、可能性はある——だれかがラテックスの手袋をして、跡のつく表面をさわったら、有効な指紋が残る場合もあるのだ。アニーのベッドは木でできている。洗剤でふいたことがあるとすれば表面に液が残り、犯人が手袋をしていたとしても、指紋がついている可能性がある。

確率は低い。でも、可能性はある。

「ファインプレーね」と、わたしはいう。

「どういたしまして」

潤滑油とボールベアリング。捜査をグラウンドにたとえるなら、ジェームズがすばらしいチームプレーをするのはここだけだ。

〝舞台がととのう。彼はベッドを移動した……慎重に。カメラの位置を調節した……慎重に。最後にもう一度チェックし、なにからなにまで望みどおりになっていることをたしかめる。完璧だ。こんどはアニーを見おろして注意をむける。

そのときはじめて、彼女はほんとうにわかる。先ほどまでの彼は、自分の劇場のセッティングに気をとられていた。アニーにはまだ希望があった。いまの彼はアニーに視線をそそいでおり、彼女は理解している。彼の目には水平線がない。底なしで、真っ黒で、あくなき飢えに満ちている。

アニーにわかると、彼にもそれがわかる。アニーが理解すると、彼もそれを理解する。彼はいつものように燃えあがる。相手の希望の炎を吹き消したのだ。

彼は神になったような気分になる〟

ジェームズとわたしは時系列にそって進んでいき、同じところに到着した。わたしたちはそこにいる。彼が見え、アニーが見え、視界の隅にボニーが見える。絶望のにおいがする。闇の列車はスピードをあげ、わたしたちは切符にはさみを入れてもらって乗車している。

「もう一度ビデオを見よう」と、ジェームズがいう。

わたしはファイルをダブルクリックし、例のモンタージュを見はじめる。彼が踊り、切り裂き、レイプする。

〝彼の行為は狂暴で、あたり一面に血が飛びちる。彼には血のにおいがする。味がする。服を通してぬるぬるした感触が伝わってくる。ある時点で、彼は振りかえってボニーを見る。ボニーの顔は真っ青になり、体は引きつけを起こしたように震えている。それを見て、彼は甘美なシンフォニーに酔いしれ、我慢できないようなオーガズムを感じ、もう少しでのぼりつめそうになる。刺激と興奮を感じ、筋肉という筋肉をひくひくさせて身を震わせる。ひどい《バッド》ことばかりしているわけではない。しっかり《グッド》レイプしている。死ぬほどファックしている。音楽、血、腸、悲鳴、恐怖。彼が震源になり、世界じゅうが震えている。彼は頂点にむかっていて、そこにのぼりつめようとしている――目がくらみ、焼けつくような光を放ってすべてが爆発する地点、理性や人間らしさがことごとく失われる場所に。ほんの一瞬だが、そのときだけは飢えも欲求も感じなくなる。つかのまの満足感とやすらぎ。

ナイフが振りおろされ、血、血、血、あたりは血の海と化す。彼はさらにのぼって、のぼって、のぼっていき、背伸びをして山の頂《いただき》に立つ。体をめいっぱい伸ばし、指を差しだすが、神の顔にふれるためでも、神を超える存在になるためでもない。無に――完全な無になるためで、勢いよく頭をそらし、耐えられないほど強烈なオーガズムを感じて全身を震わせる。

やがて終わると、いつもの怒りが舞いもどってくる〟

わたしの頭のなかでなにかが引っかかっている。「ちょっと待って」プレーヤーのコントローラーを使ってビデオを早もどしする。再生する。またなにかが引っかかる。わたしはいらいらして眉をひそめる。「なにかおかしいんだけど、なんなのかわからないの」

「ひとコマずつ再生できないかな？」と、ジェームズがいう。

ふたりでプレーヤーをいじりまわしているうちに、ひとコマずつではないが、スローで再生できるセッティングが見つかる。

「このへんよ」と、わたしはつぶやく。

わたしたちは身を乗りだして見つめる。ビデオの最後のほうだ。彼はアニーのベッドの横に立っている。画面がちらつく。彼はまだアニーのベッドの横に立っているが、なにかが変わっている。

ジェームズが先に気づく。「絵はどこにある？」

もう一度もどす。彼はアニーのベッドの横に立っており、背後の壁には花瓶に入ったヒマワリの絵がかかっている。また画面がちらつく。彼はまだアニーのベッドの横に立っているが……絵が消えている。

「どこにいっちゃったの？」わたしは絵がかかっているはずの壁を見る。まもなく、絵が目に入る。ひっくりかえったナイトテーブルに立てかけてある。

「なんで壁からはずしたんだろう?」と、ジェームズが訊く。ひとりごとで、わたしに訊いているわけではない。

もう一度ビデオを見る。立っている。絵。ちらつく。立っている――絵が消えている。何度も見る。立っている。ちらつく。絵。絵が消えている。絵。絵が消えて……。

理解の波が押しよせてこない。うねっている音は聞こえる。口がぽかんと開き、頭が朦朧《もうろう》としてくる。「そんな!」大声をあげると、ジェームズがびくっとする。

「なにが?」

わたしはビデオを早もどしする。「もう一度見て。こんどは額縁の上端をおぼえておいて、絵が消えたら壁の同じ部分を見るのよ」

ビデオが流れ、ちらつく箇所がすぎる。ジェームズが眉間にしわを寄せる。「ぼくには……」ことばを切って目を見開く。「そうなのか?」信じられないらしい。わたしはもう一度ビデオを再生する。

まちがいない。わたしたちはじっと見つめあう。なにもかも変わった。

いまは絵がはずされたわけがわかっている。はずされたのは、座標になっていたからだ。身長の座標。

絵が壁にかかっているときにアニーのそばに立っていた男は、絵がはずされてから彼女のそばに立っていた男より、少なくとも五センチは背が高い。

わたしたちは闇の列車の機関室にたどりついていたのに、衝撃をうけて外へ放りだされた。

車掌はひとりではない。

ふたりいるのだ。

15

「たしかに」と、レオがいう。顔をあげ、唖然としてジェームズとわたしを見る。レオはビデオを調べ終えたところだ。「ちらついたのは、つなぎあわせ方がへたくそだからですよ」

キャリー、ジェニー、チャーリーもいて、スクリーンのまわりに集まっている。ジェームズとわたしは一連のできごとについて説明し、最後に衝撃の事実を話した。

ジェニーがわたしを見る。「ワオ」

「前にもこんな事件を扱ったことがあるのかい？」と、チャーリーがたずねる。「ふたりで犯行におよぶなんていう事件を」

わたしはうなずく。「あるわ。でも、ちょっとちがうの。男女のふたり組で、男のほうが主犯格だった。男ふたりで犯行におよぶというのは、きわめてめずらしいわね。男性の場合、犯行は個人的なものなのよ。自分だけのもの。たいていはそのひとときをひとり占めしたがるものよ」

全員が黙りこんで考えている。キャリーが沈黙を破る。「ベッドの指紋を調べてみるわね、ハニー」

「わたしが気づくべきだった」と、ジェニーがいう。

「そう、あんたが気づくべきだった」と、ジェームズがつっかかる。いつもの彼にもどっている。

ジェニーが彼をにらみつける。ジェームズは彼女を無視し、振りかえってキャリーに目をむける。

キャリーはUVスコープや付属品を取りだしている。UVスコープは強い紫外線反射を利用して指紋を検出する。UVスペクトルの強い光を放つ。この光が平らな表面にあたって均等に反射する。紋様——指紋の隆線や渦のような——にあたった場合も同じように反射し、均等な表面から浮きでて見える。そして、UVカメラでその紋様の鮮明な写真を撮れば、指紋照合や身元確認に使うことができるのだ。

撮影装置には、紫外線から目を保護してくれるヘッドマウントディスプレイ、UVエミッター、小型の高解像度カメラなどがある。スコープを使ったからといって、かならずしも結果が出るとはかぎらないが、最初にためせば、自分の調べている表面をよごさずにすむという利点がある。粉末、強力接着剤……などは一度つけてしまうと、二度と取り除けない。光なら、発見したときと変わらない状態にしておける。

「準備完了」と、キャリーがいう。SF映画に出てくる人のように見える。「電気を消して」チャーリーがスイッチを切ると、キャリーはあおむけに寝てベッドの下にもぐりこむ。キャリーがベッドの足もとのボードを照らしていくにつれ、UVエミッターの光が移動していく。動きがとまり、なにかをごそごそ探る音につづいて、パチッという音が何度か聞こえる。パチッという音がさらに数回。エミッターのライトが消え、キャリーが身をくねらせながら出てきて立ちあがる。チャーリーが電気をつける。

キャリーはにやにやしている。「左手のいい感じの指紋が三つ、右手がふたつ。はっきりしてて役に立ちそうよ、ハニー」

キャリーから電話がかかってきてアニーの死を知って以来、わたしは怒りと悲しみと冷たさしか感じていなかったが、その瞬間、はじめてべつのなにかを感じる。血が騒ぐ。

「了解」わたしはキャリーにむかってにやりと笑ってみせる。

ジェニーがこちらをむいて首を振る。「あなたたちって、ほんとにほんとに気味の悪い人たちね、スモーキー」

闇の列車に乗っているだけよ、ジェニー、とわたしは胸のなかでつぶやく。列車に乗って、犯人がミスをした場所へつれていってもらうのよ。

「質問」と、アランがいう。「音楽のことでだれも文句をいわなかったのは、なぜなんだろう？ かなりボリュームをあげてかけてたようだが」

「わたしが答えてあげるわ、ハニー」と、キャリーがいう。「静かにして耳を澄ましてごらんなさい」

いわれたとおりにすると、たちまち聞こえてくる。大きく響く低音にまじって、こもったような高音が、上と下の階のあちこちから流れてくる。

キャリーが肩をすくめる。「ここには若い子や夫婦が住んでるし、ボリュームをあげて音楽をかけるのが好きな人もいるのよ」

アランがうなずく。「納得。それじゃ、つぎだ」身ぶりで部屋を示す。「やつらはここをめちゃくちゃにしていった。よごし放題だ。血まみれになって、そのままここから出ていけるわけがない。出ていく前によごれを落とさなければならなかったはずだ。けど、バスルームはよごれていない。とすると、バスルームで血を洗い流してからきれいに掃除したんじゃないかな」ジェニーのほうをむく。「鑑識は配水管も調べたのか？」

「確認するわ」携帯電話が鳴って、ジェニーが出る。「チャンです」わたしを見る。「ほんとに？ わかった。伝えるわ」

「どうしたの？」と、わたしはたずねる。

「病院で警備にあたってる部下からよ。ボニーが口をきいたんだって。たったひとことだけど、あなたに知らせたほうがいいと思って連絡したそうよ」

「なんていったの?」

「〝スモーキーに会いたい〟って」

16

ジェニーは大急ぎで病院に送りとどけてくれた。やれることはぜんぶやって、赤信号もサイレンを鳴らしてつっ走った。到着するまで、わたしたちはひとことも口をきかなかった。

いま、わたしはベッドのそばに立ってボニーを見おろし、彼女はわたしを見あげている。母親にそっくりな顔を目にして、わたしはあらためて驚いている。頭が混乱している。つい先ほどまでアニーが死ぬところを見ていたのに、ここでは彼女が娘を通して生きかえり、こうしてわたしを見あげている。

わたしはボニーにむかってにっこりする。「わたしに会いたいっていったんでしょ?」

ボニーはうなずいただけで、ひとこともしゃべらない。彼女の口からことばが出てくることはなさそうだ。ボニーの目からショックの色は消えているが、なにかほかのものが宿って根をおろしている。うつろで、絶望感に満ち、重苦しいなにかが。

「とりあえず、質問をふたつさせて。いい？」

ボニーはわたしを見る。けげんそう。心配そう。それでも一応うなずく。

「悪い人はふたりいたのね？」

恐怖。唇が震える。それでもうなずく。

イエス。やっぱり。いずれわかることなのに小細工なんかして、犯人はわたしたちをからかっているのだ。

「わかったわ、ボニー。あとひとつだけ。そしたら、この話はしばらくしないから。男たちの顔は見た？」

ボニーは目を閉じる。ごくりとつばを飲む。目を開ける。首を振る。

ノー。

わたしは心のなかでため息をつく。意外ではないが、いらだちをおぼえずにいられない。いらいらするのはあとでいい。ボニーの手を握る。

「ごめんね、ボニー。わたしに会いたかったんでしょ？　ほしいものがあるの？　しゃべれないんだったら、いわなくていいから、身ぶりで教えてくれない？」

彼女はあいかわらずわたしを見あげている。わたしの目をのぞきこんでなにかをさがしているらしい。慰めだと思う。表情からは、見つかったのかどうかわからない。いずれにしても、ボニーはうなずく。

腕を伸ばしてわたしの手を握る。わたしは待つが、ボニーはそれ以上なにもしない。少ししして、彼女のいいたいことがわかる。

「わたしといっしょに行きたいの？」

またうなずく。

それがわかると、さまざまな思いが脳裏に去来しはじめる。自分の面倒もろくに見られないのに、ボニーの世話までできるとは思えない。事件の捜査をしているあいだは、彼女のことをだれに頼めばいいの？　そんなことを考えるが、どれもたいした問題ではない。わたしはなにもいわずににっこりしてボニーの手を握りしめる。「片づけなければならない用事が残っているんだけど、サンフランシスコを発《た》つ準備ができたらすぐに迎えにくるわね」

ボニーはまだわたしの目を見つめている。さがしていたものが見つかったらしい。わたしの手をぎゅっと握ってから放すと、顔半分を枕に埋めて目を閉じる。わたしは彼女を見おろしたまま、もうしばらくその場にたたずんでいる。

まもなく、なにかが変わったと確信しながら病室をあとにする。いいことなのか悪いことなのかと考えたものの、いまはそれもたいした問題ではないと気づく。いいとか、悪いとか、どうでもいいとかいう問題ではない。生きていけるかどうかの問題なのだ。いまのボニーとわたしは、そのレベルで闘っている。

ジェニーとわたしは車でサンフランシスコ市警にむかう。車には沈黙が充満している。

「あの子を引きとるつもり?」ジェニーが沈黙を破る。

「ボニーにはわたししかいないのよ。わたしも同じ、あの子しかいないのかもしれない」

ジェニーはそれについて考えている。彼女の顔に小さな笑みが浮かぶ。「それっていいことよ、スモーキー。すごくいいと思う。あの年齢の子どもが生活に入りこんできたら、どんな人でも迷惑がるわ。あの子は幼児じゃないもの。だれも引きとろうとしないはずよ」

わたしはジェニーのほうをむく。なにか隠しているのがわかる。ジェニーのことばの裏になにかありそうな気がしてならない。わたしは眉を寄せる。ジェニーは緊張したまなざしを投げかける。そのうち、ため息をついて緊張を解く。

「わたし、孤児だったの。四歳のときに両親を亡くして、施設で育ったのよ。そのころは、中国系の子どもを養女に迎えようと思う人なんてぜんぜんいなかったみたい」

わたしはショックをうけ、びっくりする。「知らなかった」

彼女は肩をすくめる。「だれかれかまわず話すようなことじゃないから。わかるでしょ? 〝ハーイ、ジェニー・チャンよ。わたし、孤児だったの〟とかね。あんまり話したくないのよ」いまも例外ではないといいたげにわたしを見る。「でも、これだけはいわせて——あなたはいいことをした。純粋なことをね」

わたしは考えてみて、ジェニーのいうことは真実だと思う。「これでいいんだっていう感じがするの。アニーは娘をわたしに託した——というか、そう聞いてる。アニーの遺言状はまだ読んでいないけど、犯人が遺体のそばにおいていったというのはほんとなの？」

「ほんとよ。ファイルに入ってる」

「読んだの？」

「読んだ」ジェニーはふたたび間をおく。こんどもまた、考えこんでいるような重苦しい沈黙が流れる。「アニーはなにもかもあなたにゆだねてるのよ、スモーキー。ほんとの信託受益者は娘だけど、執行人と管財人にはあなたを指名してる。すごく仲がよかったのね」

そのことばを聞いて胸がうずく。「親友よ。ハイスクール時代からの」

ジェニーは黙っていたが、やがて口を開いてぽつりという。たったひとことだけなのに、わたしに伝えたい思いがつまっている。「許せない」

許せない。世の中や不正、あなたの身に降りかかったこと、アレクサが死んだこと、あちこちで子どもたちが殺されていること、なにもかも許せない。悪の根源が死んで、埋められてちりになり、そのちりが永遠に葬られるまで、なにもかも許せない。ジェニーはそういっているのだ。

わたしも同じくひとことで応じる。

「ありがとう」

17

「完全版が聞きたいか？　それとも濃縮版？」

アランがそういって、検死解剖の報告書の入ったフォルダーを開く。

「濃縮版で頼むわ」

「基本的にはこういうことだ。彼女は生きているあいだも死んでからも、犯人もしくは犯人たちにレイプされている。そして、まだ息があるうちに、彼または彼らに鋭い刃物で何度も切りつけられている。傷の大半は、致命的なものではなかった」

拷問。わたしはうなずき、つづけるようにうながす。

「死因は失血。頸静脈を切られて出血した」アランはフォルダーのページに目をやる。「彼女が息を引きとり、遺体をさんざんもてあそぶと、犯人たちは彼女を切開した。臓器を取りだし、小分けにして袋につめ、遺体のそばにおいていった」わたしを見あげる。「肝臓を除

「あるいは食べたか」わたしは身震いをこらえる。おそらく、彼のいうとおりだろう。

「傷を調べたところ、どれもメスによるものとみられる。納得がいく。検死官も、臓器は手ぎわよく取りだされているといってるからな。切りとる手並みだけじゃない。臓器の位置や、傷つけずに取りだす方法も熟知しているらしい。大腸と小腸を分けただけでなく、それぞれをさらにこまかく分けてたそうだ。小腸を三つに、大腸を四つに」

わたしはしばらく考えてみる。「彼――ごめん、彼ら――は、ほかの臓器も同じように切りわけたの？」

アランはファイルを調べてから首を振る。「いや」顔をあげてわたしを見る。「やつらは見せびらかそうとしたんだろう」

「それはいいことね」わたしはにこりともせずにいう。

レオが信じられないという顔をしてわたしを見る。「いいって、どうして？」

アランが彼のほうをむき、わたしにかわって答える。「犯人をつかまえるには、ミスをしてもらうのがいちばんだからさ。見せびらかしてたとしたら、殺すだけではものたりないってことになる。やつらはおれたちの気を引こうとしているんだ。つまり、払える注意というか、払うべき注意を払えなくなる。すると、ミスをする可能性が高くなるわけだ」

「もっと簡単にいえば」と、キャリーがいう。「連中はふつうよりいかれてるっていう意味よ。いかれていれば、ドジを踏む可能性が高くなるってこと」

「わかりました」レオはそういったものの、考えているうちに表情が曇っていく。彼の気持ちはわかる。人間の臓器を切りわけたという話を明るい材料としてとらえるのは、理解しがたいことだ。レオは理解したいのかどうか迷っているのだろう。

アランが話をつづける。「やつらは臓器を取りだすと、切開した死体をそのままにして、ボニーを母親に縛りつけた」といってフォルダーを閉じる。「精液は見つかっていないが、遺体の膣《ちつ》にはラテックスの痕跡があった」

犯人たちはDNAが残らないようにコンドームを使ったのだ。

「ほかにはなにもない。毛髪や指紋は、遺体の表面にも内部にも残っていなかった。以上」

「となると、どんな可能性が残る？」

ジェームズが肩をすくめる。「ほかの写真を見てくれ。ためらい傷はひとつもない。体の切開に関しては、彼らは絶対的な自信をもっていた。ひょっとすると、ひとりは医学の素養があるのかもしれない。可能性はある」

「あるいは、さんざん練習してきたか」と、キャリーがつぶやく。

「ほかにわかってることは？」わたしはひとりひとりの顔を見ていく。アランが法律用箋とペンを取りだす。お決まりの手順だ。彼は仲間の意見や考えを書きとめようとしている。

「ふたりとも白人、ともに男性」と、キャリーがいう。「ひとりは百八十二、三センチで、もうひとりは百七十七、八センチ。どちらも引きしまった体つきをしてる」

つづいてアランが口を開く。「ふたりとも慎重に行動してる。指紋に関する基本的な知識をもっていて、残らないように用心してる。毛髪も、皮膚も、精液も残していない」

「けど、自分たちが思ってるほど賢いわけじゃない」と、わたしがいう。「わたしたちはベッドに残っていた指紋を採取した。それに、犯人がふたりいることもつきとめた」

「まあ、そこが問題なんだよな」アランが苦々しげにいう。「指紋のことをほんとによくわかってるとしたら、手袋をしても残る場合があることも知ってるはずだ」

アランは『ロカードの原則』のことをいっているのだ。ロカードは近代科学捜査の父と見なされており、その原則は捜査官ならだれでも暗記している。〝ふたつの物体が接触すると、物質がひとつからもう一方へかならず移動する。その物質は、小さくても、大きくても、検出するのが困難な場合もあるが、それでもかならずひとつから他方へ移動する。どんなに小さくても、捜査チームは責任をもってそのような物質をすべて収集し、他方へ移動したことを証明しなければならない〟

犯人たちは慎重に行動した。それは精液が残っていないことからもわかる。抑制がきいていることを示している。犯罪関連の書籍やテレビ番組、HIVなどが出現して以来、コンドームを使用するレイプ犯は増えつつある。それでもまだ数は少ない。レイプはセックスと暴力の犯罪なのだ。レイプ犯はそのふたつに興奮してハイになる。ところがコンドームを使用すると、セックスだけでなく、暴力から得られる快感もじゅうぶんに味わえなくなる。ジャック・ジュニアと相棒はコンドームを使っており、アランの主張が正しいことを示している。

「彼らが鉄壁じゃないこともわかってる」と、ジェームズがいう。「見せびらかして捜査陣をからかいたがるという弱点がある。そういう弱点はリスクが高く、どこかの時点でへまをする可能性を生みだす」

「そうね。ほかには？」

「少なくともひとりは専門技術をもっています」こんどはレオがいう。「っていうか、ビデオ編集くらい、最近はだれでもできます。けど、あのビデオは学習した人間が編集してる。平均的なコンピュータユーザーがすぐにつくれるような代物じゃありません」

「彼らはロサンゼルス在住とみられる。そうでしょ？」と、キャリーがいう。

わたしは肩をすくめる。「そう仮定して捜査するつもりよ。けど、あくまでも推測で、わかってることじゃない。どんな人が被害者になるかもわかってる。メッセージにあったから――彼らはアニーみたいな女性を狙うつもりよ」わたしはレオのほうをむく。「メッセージではなんて呼んでた？」

「インターネット時代の娼婦です」

「どう？　そういう女性ってどれくらいいるの？」

質問されて、レオは眉間《みけん》にしわを寄せる。「アメリカ全体なら数万。カリフォルニアだけに絞っても千人近くいるでしょうね。でも、問題は人数だけじゃない。こう考えてください――ウェブサイトをもってる女性ひとりひとりが契約者だと。一社だけと契約してる女性もいるが、アニーみたいな人もたくさんいる。そういう人たちは、自分のウェブサイトをデザインし、管理し、運営する。従業員がひとりしかいない独立事業なんです。それに、この手の商売には商業会議所なんかない。そういうサイトのリストはあちこちにあるけど、共同事業体や協会みたいなものはひとつもないんです」

わたしはこのやっかいな問題について考え、あることを思いつく。「あなたのいうとおりよ。でも、こう考えたらどう？　その業界の人たち全員を調べるのではなく、犯人たちがアニーを見つけた場所をさがすのよ。そういうサイトのリストはあるっていったわよね？」

レオがうなずく。

「アニーがどのサイトにも出てるなんてことはないわ。まず、彼女が出てるサイトをさがし、それから分野を絞りこんで、リストにのってる女性たちが出てるサイトを調べるのよ」

レオは首を振っている。同意できないらしい。「そう簡単にはいかないんですよ。犯人たちがサーチエンジンを使ってアニーを見つけたとしたら？　検索したとしたら、どんなキーワードやフレーズを使ったのか？　それに、彼女みたいにサイトを運営してる女性のほとんどは、自分の〝フィーダーサイト〟を出したがる。無料の小さなサイトで、サンプル画像やメインサイトのリンクが表示されるんです。〝商品をためしてみて、気に入ったら、お店へどうぞ〟みたいな。犯人たちはそういうサイトを見つけたのかもしれませんよ」

「いうまでもないけど、あなたを通してアニーを見つけた可能性だってあるのよ、スモーキー」と、キャリーがいいにくそうにいう。わたしはそのとおりだという顔をして彼女を見てから、落胆してため息をもらす。

「それじゃ、ウェブサイトを調べても無駄ってこと？」

「無駄じゃありません」と、レオがいう。「調べる必要のあるもののひとつは、彼女のサイトのメンバー登録者リストです。料金を払って〝メンバー専用〟エリアを見た人たちのリストですよ」

わたしは急に気を引かれる。アランがうなずいている。「そうか、そうか」と、彼がいう。「警察はそれをもとにおとり捜査をして、児童ポルノをやってた犯人たちを一網打尽《いちもうだじん》にしたんだろ？」

レオがにっこりする。「そう。クレジットカードの処理については、いろんな法律や取り締まりがあるんです。かなり正確な記録が保管されているんですよ。なによりも好都合なのは、処理装置の大半に〝アドレスチェック〟機能が組みこまれていることです。サインアップ時のアドレスは、記録されてるカード保有者のアドレスと一致しなければなりません」

「アニーのサイトにメンバー登録してた人の数はわかってるの?」

「いえ、まだです。難なくわかるはずですよ。令状が必要だけど、あの業界の会社はけっこう協力的なんです。問題はないでしょう」

「帰ったらすぐに取りかかって」と、わたしはレオにいう。「令状関係のことはアランに訊けば教えてくれるわ。リストを手に入れて調べはじめて。それと、アニーのパソコンの解析もお願い。なにか――なんでもいいから――手がかりになりそうなものをさがすのよ。アニーが妙なことに気づいて心にとめ……」

「わかりました。彼女のEメールも手に入れます。プロバイダーにもよるけど、まだコンピュータで受信していない最近のメールが残っているはずです」

「やってみて」

「まだあるわ」と、ジェニーがいう。「彼らはずいぶん苦心して、犯人はひとりだと思いこませようとした」

「たしかにそうだけれど、ボニーに訊けば難なくわかることなのよ。もしかしたら、手のこんだ細工をしてわたしたちをからかおうとしただけかもしれない」と、わたしはいう。「よくわからないけど。その点についてはまだ考えていないのよ」といって首を振る。「いずれにしても、調べなければならない材料は手に入ったわ。指紋よ」キャリーのほうをむく。

「指紋についてはどうする?」

「こっちの捜査が終わったら、指紋をＡＦＩＳに入力して、ロサンゼルスの捜査官たちに調べてもらうわ。二分たらずで百万くらいの指紋をチェックできるから、ほんの数時間で結果が出るはずよ」

それを聞いて、全員が勇《いさ》み立つ。ほんとうに簡単なのだ。指紋自動識別システム《AFIS》は恐るべきツールで、運がよければまたたくまに犯人を割りだせる。

「じゃ、すぐに取りかかって」

「スモーキー、あなたとジェームズはなにをつかんだの？」と、キャリーがたずねる。

「話してくれ」アランの低音が響く。ふたりともわたしを見つめて待っている。

たずねられるのはわかっていた。いつものことだから。わたしは闇の列車に乗って、モンスターたちの少なくともひとりは見ている。キャリーとアランが訊きたがっているのは——なにを見たのかということだ。

「勘とか推測だけで、たしかなことじゃないんだけど」と、わたしはいう。

そんなことはどうでもいいといわんばかりに、アランが手をひと振りする。「わかった、わかった。あんたときたら、いつだってそのくだらない免責条項からはじめるんだ。いいから聞かせてくれよ」

わたしはアランにほほえみかけると、うしろにもたれて天井を見あげる。目を閉じ、すべてを取りこむ。体をすりよせ、においを嗅ぐ。

「ちょっとごっちゃになってるの。まだ別個にできなくて。彼らは……頭が切れる。すごく切れる。切れるふりをしてるわけじゃない。少なくともひとりは学歴の高い男だと思う」わたしはジェームズに目をやる。「医学部を出てるかもしれない」ジェームズが同意してうなずく。「慎重で、計画的で、きちょうめん。何時間もかけて科学捜査を勉強し、証拠をひとつも残さないようにする。彼らにとってはきわめて重要なことなの。切り裂きジャックは犯罪史上もっとも有名な連続殺人犯のひとりよ。なぜ？ ひとつには、最後までつかまらなかったから。犯人たちはジャックの先例にならい、その点でもほかの点でも彼をまねてるのよ。切り裂きジャックは警察をからかった。だから、彼らはわたしたちをからかってる。ジャックは娼婦を殺した。だから、彼らは自分たちにとっての同じ存在——現代の娼婦——を殺そうとしてる。類似点はほかにもあるはずよ」

「彼らにとって、ナルシシズムは問題になる」ジェームズが口をはさむ。

わたしはうなずく。「たしかに」

チャーリーが不思議そうな顔をする。「というと？」

「考えてみて——車を運転するときって、考えて運転してる？」と、わたしは訊く。

「いや、考えずに運転してる」

「でしょ？ けど、ジャック・ジュニアと相棒にとっては、ただ運転するだけじゃものたりないのよ。すごくうまいんだって思えないと気がすまないの。完璧で芸術的な運転なんだって思えないとだめなのよ。そういうナルシシズム。自分のしてることに陶酔しながらなにかをするタイプ……」わたしは肩をすくめる。「自分自身に気をとられて運転してたら、道路に神経を集中できない」

「だからベッドに指紋を残していった」と、ジェームズがいう。「ちょっとした失敗じゃない。毛髪や繊維なんかじゃない。指紋だ。自分たちに気をとられて、頭が働かなくなったんだ」

「なるほど」と、チャーリーがいう。

「さっき、ごっちゃになってるっていったけど、完全にごっちゃというわけじゃないの」わたしは口をすぼめて考える。「まず、ジャック・ジュニアがいる。それはひとりの身元よ。力のある人物だけに、ふたりそろって彼になることはできない」わたしはジェームズを見る。「どう思う?」

「同感だ」

「となると、もうひとりの男はどうなる?」と、アランがたずねる。

「よくわからない。弟子とか?」わたしは首を振る。「はっきり見えないのよ。いまはまだ。どっちの男かわからないけど、力をもってるのはジャック・ジュニアのほうだと思う」

「過去の〝ふたり組〟もみんなそうだったわ」と、キャリーがいう。

「そう。みんなの考えをまとめると、犯人たちは頭が切れ、きちょうめんで、ナルシシストっていうことね。けど、ふたりがとても危険だと思われる理由のひとつは、進んで犯行におよんでること。迷いがない。こちらにとってはありがたくないわね。あまり手のこんだことはしないという意味になるから。犯行はあくまでもすっきりとシンプルにしていくつもりでいる。ドアをノックする。強引に入りこむ。ドアを閉める。相手をいいなりにする。A、B、C、D。一般的にみれば、生まれながらの才能じゃない。ひとりまたはふたりとも、軍隊もしくは警察にいた経験があるのかもしれないわね。躊躇《ちゅうちょ》せずに人間を殺す訓練をする組織にいた可能性がある」

「レイプと殺人を好んでるのはまちがいない」と、ジェームズがいう。

「それはわかっていたことじゃないの?」と、ジェニーがたずねる。

わたしは首を振る。「ちがうわ。ふつうの殺人なのに、連続殺人に見せかけて犯行を隠そうとする犯人もいるのよ。でも、アニーにしたことは、彼らの手口は……あれは見せかけじゃない。彼らは本物よ」

「彼らが狙う相手には、ふたつのタイプがある」と、ジェームズがいう。

キャリーが眉をひそめる。ため息をつく。「つまり、目あての女性たちだけでなく、わたしたちのことも狙ってるっていうこと?」

ジェームズがうなずく。「そのとおり。今回の場合、被害者選びは明確で、考えぬかれていた。彼らにとって、アニー・キングはふたつの点であてはまっていたんだ。アダルトサイトを運営していて、このチームにいるメンバーの友だちでもあった。彼らはあんたの注意を引くためにそうとう苦労したようだな、スモーキー」

「注意を引いたのはたしかね」わたしはうしろに寄りかかり、頭のなかでおさらいをする。

「まあ、こんなところかしらね。とにかくいまは、犯人たちについてわかってることのなかで、いちばん重要なことを忘れないように」

「というと？」と、レオが訊く。

「またやるっていうことよ。わたしたちがつかまえるまで、やりつづけるにきまってる」

18

わたしはジェニーに病院まで送ってほしいと頼んだ。チームのメンバーがそれぞれに割りあてられた仕事をしているあいだに、ボニーのようすを見ておきたかったのだ。

病室の前につくと、警備にあたっていた警察官が大きなマニラ封筒をあげてみせた。「バレット捜査官宛てにとどきました」

とっさになにかおかしいと思う。わたし宛てのものがここにとどくわけがない。警察官の手から引ったくって封筒を見る。表に黒いインクの活字体で宛名だけが書いてある。〝バレット捜査官〟

ジェニーが警察官をにらみつける。「ちょっと、ジム！　頭を使いなさいよ！」彼女は理解している。ジムは飲みこみが悪い。ややあってようやくわかったとみえ、顔面蒼白になる。

「ああ……くそっ」

ジムのつぎの行動は感心できる。すっくと立ちあがり、銃を手にしてボニーの病室のドアを開ける。わたしもあとにつづき、ボニーが眠っていて無事だとわかったとたん、安堵《あんど》の波が押しよせてきて圧倒されそうになる。部屋を出るようにとジムに合図を送る。廊下に出ると、ジムが考えを口にする。

「その封筒はたぶん犯人がよこしたんでしょうね」

「そうよ、ジム」と、わたしはいう。「たぶんね」辛辣な口調でいう元気はない。疲れきった声に聞こえる。ジェニーにはそんな問題はない。ジムの胸に勢いよく指をつきつけると、彼が縮みあがる。

「あんたはしくじったのよ！　ほんとに頭にくる。優秀な警察官だってわかってるからよ。どれだけ優秀な警察官だと思ってるかわかる？　この仕事をぜひともあんたにまかせてほしいって頼んだくらいなのよ。あんたならしっかりやってくれると思ってたのに」ジェニーは頭にくるどころか激怒している。ジムのほうは、むっとすることもいいわけをすることもなく、非難を一身にうけとめている。

「そのとおりです、チャン刑事。弁解のしようがありません。封筒はナースステーションにいた看護師がもってきたんです。バレット捜査官の名前は見たんですけど、犯人に関係があるとは思わなかったんです。うけとると、また新聞を読みはじめたんです」すっかりしょげかえっているジムを見て、わたしは同情しそうになる――もう少しで。「ちくしょう！　これを日常業務だと思いこむなんて！　初歩的なミスじゃないか！　おれはなんてバカなんだろう！　くそっ！　くそっ！」

ジムが自分を激しくなじるのを聞いているうちに、ジェニーも気の毒に思いはじめたのか、慰めのことばをかける。「あなたは優秀な警察官なのよ、ジム。わたしはちゃんとわかってる。あなたは今回の失敗を一生忘れない――忘れちゃいけない。そして、同じ失敗は二度とくりかえさないはずよ」といってため息をつく。「それに、いちばん大切な仕事はきちんとこなした。あの子を守ったんだから」

「ありがたいけど、だからといって気が楽になるわけではありません」

「この封筒はいつとどけられたの？」

ジムは少し考える。「ええと……一時間半くらい前だと思います。そう。ナースステーションにいた看護師がもってきて、男がとどけにきたといったんです。ここにもってくれば、捜査官にわたしてもらえると思ったんでしょう」

「ナースステーションに行ってくわしい話を聞いてきて。どんなかたちでとどけられたのか、どんな男か、なにもかも」

「了解」

ジムが走っていくと、わたしは封筒に目をむける。「ちょっと見てみる」

開封する。紙の束が入っていて、クリップでとめてある。いちばん上に文字が見える。

〝バレット捜査官、ごきげんよう！〟とりあえずはそれだけ見ればじゅうぶんだ。わたしは視線をあげてジェニーを見る。「彼からよ。ううん、彼らかしら」

「やっぱり！」

手のひらが汗ばんでいる。手紙を読まなければいけないのはわかっているが、犯人がなにを知らせてくるか考えただけで気が滅入る。ため息をついて封筒を開け、クリップでとめてある紙束を引っぱりだす。手紙はいちばん上にある。

〝バレット捜査官、ごきげんよう！

きみと仲間たちは、いまごろ捜査のまっただなかにいることだろう。わたしがおいていったビデオは楽しんでもらえたかな？　個人的には、選曲がとくにすばらしいと思っているんだが。

ボニーはどうしてる？　泣いたり叫んだりしているんじゃないか？　それとも、押し黙ったままかな？　どうしているんだろうと、ときどき考えるんだ。あの子によろしく伝えてくれ。

わたしがなににもまして考えるのは、むろん、きみのことだ、バレット捜査官。傷はよくなってきたかい？　いまでも裸で寝ているのかな？　ベッドの左側にはナイトテーブルがあって、たばこがひと箱おいてあったっけ？　わたしはあの寝室に入ったことがあるんだよ。こういってはなんだが、きみはそうとう大きな声で寝言をいうね〟

「信じられない」と、ジェニーがささやく。

わたしは紙束を彼女に差しだす。「ちょっともってて」

ジェニーが束をうけとる。わたしは近くのごみ箱に駆けよって、胃のなかのものをぶちまける。あいつらがうちに入ってたなんて！　わたしが眠ってるところを見てたなんて！　戦慄が体をつらぬき、つぎの瞬間、侵害されたという、吐き気をもよおさせる感覚に襲われる。つづいて、怒りがこみあげてくる。その陰に——背景には恐怖がある。頭のなかからいきなり叫び声が聞こえてくる。また侵入されるかもしれない！　全身が震えていて、ごみ箱の縁にこぶしをたたきつける。手の甲で口をふくと、ジェニーのところへ引きかえす。

「だいじょうぶ？」

「だいじょうぶじゃない。けど、最後まで読まないと」わたしはジェニーから紙束をうけとる。読んでいくうちに、手にした紙が震えだす。

〝マットとアレクサのことは、じつに気の毒だった。きみはあの幽霊船さながらの家にひとりぼっちになり、鏡に映る傷だらけの顔を見つめている。痛ましいかぎりだ。

きみは傷だらけのほうが美しいよ。うそにきまってるというだろうがね。今回にかぎり、きみの役に立ちそうなことを教えてやるよ、バレット捜査官。傷は不面目のしるしではない。生き残った者の烙印《らくいん》なのだ。

わたしがなぜ救いの手を差しのべたりするのか、きみは不思議に思っているかもしれない。これはフェアな精神から生まれたものなんだ。このゲームを刺激的なものにしたいからだよ。わたしをうまく追跡できる人間ならこの世にいくらでもいるが、きみは……だれよりもうまくわたしを追跡できると思う。

きみがゲームに復帰できるよう、わたしは力をつくしてきた。あとひとつだけ、傷口をもうひとつふさげば、その望みがかなう。

追跡する者には武器が必要なんだよ、バレット捜査官。ところが、きみは自分の武器にふれることさえできない。その点を正す必要が、バランスのとれたゲームにする必要がある。そこで、添付した書類を見てもらいたい。きみのかかえている問題の中心にあるのは、それだと思う。読めば、それ自体の傷痕を残すことになるかもしれないが、忘れないでほしい——傷痕というのは、口の開いた生傷よりましだ。

地獄より《フロム・ヘル》

ジャック・ジュニア〟

ページをめくる。なにが書いてあるのかすぐにわかる。あたりが静まりかえり、まわりの動きが緩慢《かんまん》になっていく。ジェニーが話しかけているのはわかるが、ことばは聞きとれない。

寒い。体が冷たくなっていく。歯がカチカチ音をたて、全身が震えだし、まわりのものがかたむいて離れていく。動悸《どうき》がして鼓動が速くなっていったかと思うと、音が聞こえるようになる。さまざまな音がいっしょくたになって、雷鳴みたいに耳に入ってくる。けれども、体はまだ冷えきっていて寒くてたまらない。

「スモーキー！　たいへん――ドクター！」

ジェニーの声は聞こえるが、口をきくことはできない。歯がカチカチ鳴りつづけ、どうしてもとめられない。医師がこちらにむかってくる。わたしの額に手をあて、目をのぞきこむ。「完全なショック状態におちいってる」と、医師がいう。「あおむけに寝かせろ。足をあげるんだ。看護師！」

ジェニーがわたしの上にかがみこむ。「スモーキー！　なんとかいってよ！」できるものならなんとかいいたいのよ、ジェニー。でも、全身が凍りついている。あたりが凍りつき、太陽も凍りついている。なにもかも、だれもかれも、死んでいるか、死にかけている。

彼のいうとおりだったからだ。わたしは書類を読み、不意に思い出した。

弾道検査の報告書だ。ジャック・ジュニアが円でかこんだ部分にはこう書いてある——

「弾道検査の結果、アレクサ・バレットの体から摘出された銃弾は、バレット捜査官の銃から発射されたものと判明し……」

娘のアレクサを撃ったのはわたしだったのだ。

音が聞こえてきてびくっとし、ややあって自分の声だと気づく。金切り声で、喉の奥から絞りだされ、一オクターブずつあがっていって、ガラスが割れそうなくらい高くなっていった。その音程のまま、オペラ歌手のビブラートみたいに延々とつづく。永遠につづきそうな気がする。

目の前が真っ暗になろうとしている。やれやれ。

19

病院のベッドで目をさますと、キャリーの姿が見えた。ほかにはだれもいない。キャリーの顔を見るなり、理由がわかった。

「知ってたのね。そうでしょ？」

「そうよ、ハニー」と、キャリーはいう。「知ってたわ」

わたしは顔をそむける。生気を失い、力が抜けてぐったりしている。こんな気分になったのは、サンズとの一件のあと病院で目ざめて以来だ。「なんで教えてくれなかったの？」自分の声に怒りがこもっているかどうかわからない。どちらでもかまわない。

「伝えないでくれって、ドクター・ヒルステッドに頼まれたのよ。あなたはまだ心の準備ができていないはずだと考えてね。わたしも同感だった。いまでもそう思ってるわ」

「ほんとに？ わたしのこと、なにからなにまで知ってると思ってるの？」冷ややかな声に聞こえる。いまは怒りがこもっている。熱く、毒のある怒りが。

キャリーはひるみもしない。「これだけはわかるわ——あなたはまだ生きている。銃口をくわえて引き金を引くようなまねはしなかった。わたしは後悔していないわ」といい、ささやき声でことばを継ぐ。「だからって、つらい思いをしなかったわけじゃないのよ、スモーキー。わたしはアレクサを愛してた。あなただって知ってるはずよ」

わたしはくるりと首をまわしてキャリーを見る。怒りがしずまっていく。またたくまに。

「あなたを責める気にはなれない。ドクター・ヒルステッドのことも。それに、彼のいうとおりかもしれない」

「どうしてそう思うの?」

わたしは肩をすくめる。疲れている。疲れきっている。「なにもかも思い出したからよ。それでもやっぱり死にたくない」全身に痛みが走り、思わず身を縮める。「そう思うと、裏切ってるような気分になるのよ、キャリー。なんていうか、生きたいと思ったりしたら、マットとアレクサを本気で愛していなかったみたいな感じがするの」

キャリーを見て、わたしのことばにショックをうけているのがわかる。楽天的でむちゃくちゃなキャリーが、顔をなぐられたような表情をしている。胸をつかれたような表情かもしれない。

「とにかく」長い沈黙ののち、彼女がようやく口を開く。「それはまちがってるわよ、スモーキー。マットとアレクサが死んでからも生きつづけたからって——愛してなかったなんていう意味にはならないわ。ふたりは死んだけど、あなたは死ななかったっていう意味にしかならないのよ」

わたしはその意味深長なことばをあとで考えるために頭のなかにしまいこむ。考える価値がありそうな気がする。「おかしなものよね。銃を手にすれば、いつだって狙いどおりのものを撃てたのよ。わたしにとってはたやすいことだった。サンズの頭に狙いをつけてたのをおぼえてる。でも、あいつはものすごくすばしっこかった。あんなにすばやく動ける人なんて見たことがない。あいつ、ベッドにいたアレクサを引きよせて盾にしたの。弾があたったとき、アレクサはわたしの目を見つめてた」わたしの顔がゆがむ。「サンズはびっくりしてるような顔をしてた。あんなことをしておきながら、驚きの表情を浮かべてたの。一瞬、やりすぎたかなって思ってるような顔をした。そのあと、わたしはあいつを撃ったのよ」

「スモーキー、その部分はおぼえてるの？」

わたしは顔をしかめる。「どういう意味？」

キャリーはほほえむ。悲しげな笑みだ。「あなたはただ撃っただけじゃないのよ、ハニー。撃ちまくって、あの男を蜂の巣にしたの。クリップ四つぶんの弾を撃ちこんで、五つめを装《そう》塡《てん》してるときに、わたしがとめたのよ」

その瞬間、記憶がよみがえってくる。

サンズはわたしをレイプし、切りつけた。マットは死んでいた。わたしは痛みの波にもまれ、意識と無意識の世界を行ったり来たりしていた。なにからなにまでかすかにシュールな感じがした。ドラッグを打たれたときに似ていた。あるいは、昼寝をして三十分ほど寝すごしてしまい、気分が悪くなったときのようだった。

切迫感があり、それが肌で感じられた。けれども、遠くに感じられた。やわらかいガーゼごしに感じていた。そこへたどりつくには、どろどろしたシロップをかきわけていかなければならなかった。

サンズが身を乗りだし、顔をわたしの顔に近づけた。彼の息が頬にかかる。異常に熱い息だった。一瞬、べたべたしたものが目に入り――彼がつばを吐き、わたしの胸の上で乾いていくのがわかった。わたしは一度だけ身震いした。全身を震わせた。体をうねらせ、ゆっくり震えた。

「いとしいスモーキー、おまえの手足を自由にしてやるからな」サンズが耳もとでささやいた。「死ぬ前におれの顔をさわってほしいんだ」

わたしの目が彼のほうへぐるりとまわり、それからまぶたの奥へ引っこんだ。時間の感覚を失う。意識の世界へもどると、サンズがわたしの手のロープをほどいているのがわかった。ふたたび闇の世界へただよっていく。意識を取りもどしたとき、サンズはわたしの足のロープをほどきにかかっていた。バンザイ。光から影へ、影から光へ。

ふたたび意識がもどったとき、彼はわたしのとなりにいて、ぴったりと寄りそっていた。裸で、勃起しているのがわかった。左手でわたしの髪をわしづかみにし、頭をうしろにそらしている。右手をわたしの腹部にのせており、ナイフを握っているのがわかった。また息がかかる。すえたにおいのする熱い息。

「そろそろ時間だよ、いとしいスモーキー」と、サンズがささやく。「くたびれてるのはわかってる。あとひとつだけすれば、眠りにつかせてやるよ」呼吸が速くなっていく。わたしのとなりで興奮しており、勃起したペニスが腰にあたる。

彼のいうとおりだ。わたしはくたびれていた。疲れきっていた。闇のかなたへただよっていって、なにもかも終わらせたい。サンズの最後の願いを聞き入れようとして、自分の手があがっていくのを感じたとき――それが起こった。

「ママ！」アレクサの叫び声が聞こえた。恐怖におののき、声をかぎりに叫んでいる。

手の甲で横っ面を思いっきり張りとばされた気がした。

「あいつ、アレクサは死んだっていったのよ、キャリー」わたしは病室でささやく。「最初に殺したっていった。なのに叫び声が聞こえて、うそだったとわかったの。わたしにはわかった――あいつ、つぎはアレクサのところへ行くつもりだってわかったのよ！」思い出してこぶしをかためると同時に、怒りと恐怖がよみがえってきて全身が震えているのを感じる。

まるで、わたしの体のなかでだれかが爆弾を爆発させたかのようだった。目をさましたというのではない。爆発したのだ。腹のなかからドラゴンが這いあがってきて、吠えて、吠えて、吠えつづけた。

わたしはサンズの顔を押しつぶし、手のひらの下で彼の鼻の骨が折れるのを感じた。サンズがうなり声をもらすと、わたしはベッドをおりて、銃をしまっているナイトテーブルにむかった。が、彼は動物のようだった。野性的で、はしっこい。ためらうことはなかった。サンズは寝返りを打って立ちあがり、気がついたときには寝室のドアから駆けだしていた。廊下の堅木張りの床を走ってアレクサのところへむかう足音が聞こえてきた。

わたしは悲鳴をあげはじめた。体が燃えているような感じだった。なにもかも白熱し、アドレナリンがわたしを焼きつくしており、耐えがたいほど熱かった。時間の流れ方が変わっていた。ゆるやかになったのではない。その正反対だ。スピードがあがった。恐ろしく速くなっていた。

わたしは銃を握り、走るというよりテレポートして廊下を進んでいった。アレクサの部屋にむかって、一歩一歩ではなく電光石火の早わざで移動していく。すばやく動いた。目にもとまらぬ速さだった。サンズが戸口から部屋に入りかかっていたときには、わたしもそこにいたくらいだから。アレクサの姿が見えた。ベッドの上にいて、猿ぐつわがゆるんでいた。

「よくがんばったね」わたしはそう思ったのをおぼえている。

「ママ！」アレクサがもう一度叫んだ。目を見開き、頬を紅潮させ、とめどなく涙を流している。こんどはわたしが野獣と化していた。躊躇なく銃をあげ、サンズの頭に狙いをつけて……。

そして、恐怖。恐怖、恐怖、恐怖が果てしなくつづく。生き地獄。そして、わたし。悲鳴、悲鳴、悲鳴。悲鳴が果てしなくつづく。生き地獄。わたしはサンズを撃った。何度も、何度も、何度も撃った。弾が切れるまで撃ちつづけようと決心していた。すると――「ああ、キャリー」涙があふれだす。「ごめんなさい。ほんとにほんとにごめんなさい」

キャリーはわたしの手をとり、一度だけ首を振る。「気にしないで、スモーキー」わたしの手をぎゅっと握りしめる。痛いくらいだ。「あやまらなくていいのよ。あなたは正気じゃなかったんだから」

玄関のドアからキャリーが飛びこんでくる音が聞こえ、彼女があらわれて銃を抜くのが見えたのをおぼえているからだ。銃をおろせといいながら、彼女が細心の注意を払って近づいてきたのをおぼえている。わたしはキャリーにむかって悲鳴をあげていた。彼女はわたしに近づいてくる。わたしから銃を奪いとろうとしているのはわかっていた。ぜったいに奪いとらせるわけにはいかないのはわかっていた。自分の頭に銃口をつきつけ、自分を撃ち殺さなければならなかった。自分の子どもを殺したのだから、死ななければならなかったのだ。自分にとって納得のいくことはひとつしかなく、わたしはそれをした。銃をキャリーにむけ、引き金を引いたのだ。

ありがたいことに、弾倉はからだった。いま考えてみると、キャリーは歩調をゆるめもしなかった。ひたすらこちらにむかってきて、わたしに近づくと、銃を奪いとって投げ捨てた。そのあとのことはよくおぼえていない。

「あなたを殺してたかもしれないのよ」と、わたしはささやく。

「まさか」キャリーはまたほほえむ。あいかわらずちょっと悲しげだが、茶目っ気のある彼女が垣間見える。「あなた、わたしの脚を狙ってたわよ」

「キャリーったら」わたしはやんわりとたしなめる。「ちゃんとおぼえてるわよ」わたしは彼女の脚を狙っていたわけではない。心臓に狙いを定めていたのだ。

キャリーは身を乗りだしてわたしの目をまっすぐ見つめる。「スモーキー、わたしは世界じゅうでだれよりもあなたを信用してるのよ。その気持ちはいまも変わらないわ。ほかにどういえばいいのかわからない。あのときのことについて、あなたとは二度と話さないってこと以外はね」

わたしは目を閉じる。「ほかにだれが知ってるの?」

沈黙。「わたし。チームのメンバー。ジョーンズ副支局長、ドクター・ヒルステッド。それだけ。外にもらさないようにって、ジョーンズ副支局長がそうとう圧力をかけたのよ」

ただし、〝それだけ〟ではない。〝彼ら〟も知っている。

「ところで、あなたが意識を失ってるあいだ――二時間近くだけど」

キャリーはなにかいいたいことがあるらしい。

「なに？」

「なんていうか……知らせておいたほうがいいと思って……あなたが例のことを知って気絶したのを知ってるのは、ドクター・ヒルステッドだけよ。ジェニーやチームのメンバーはべつにして」

「ジョーンズ副支局長には知らせなかったの？」

キャリーはうなずく。「知らせなかった」

「なんで？」

キャリーはわたしの手を放す。彼女にしてはめずらしくそわそわしている。立ちあがり、少し歩きまわる。「わたしが――わたしたちが――知らせたら、それで一巻の終わりになると思ったの。副支局長は、あなたを復職させるわけにはいかないといいだすはずよ。あなたは二度と復帰できなくなる。どのみち引退しようと決めるかもしれないけど、わたしたちとしてはあなたが自分で道を選べるようにしておきたかったのよ」

「全員が同意したの？」

キャリーはいいよどんでいる。「全員よ。ジェームズを除いて。彼はあなたと話をしてから決めたいっていってる」

わたしは目を閉じる。いまはジェームズと話をする気になれない。というか、話したくない相手ナンバーワンといったほうがいい。

わたしはため息をつく。「わかった。彼を呼んで。どうするかは自分でもまだわからないのよ、キャリー。でも、これだけはわかってる――うちに帰りたい。ボニーを迎えにいってうちに帰って、答えを見つけだしたいの。考えを整理してきっぱりと結論を出さないと、わたしはだめになっちゃう。あなたたちは引きつづきAFISやほかのことを調べて。わたしはうちに帰る」

キャリーはうつむいて床に視線を落としてから、わたしに目をもどす。「わかった。調査に取りかかるわ」

キャリーはドアにむかう。ドアの前まで行くと、立ちどまって振りかえる。「これだけは考えに入れてほしいの。あなたは銃を熟知してる。だれよりもよく知ってるのよ。わたしに銃をむけて引き金を引いたのは、弾倉がからだって知ってたからかもしれないわね」ウインクし、ドアを開けて出ていく。

「かもしれない」わたしは小声でひとりごとをいう。

けど、ちがうと思う。

引き金を引いたのは、あのときは、世の中の人がひとり残らず死ねばいいという気持ちになっていたからだと思う。

20

ジェームズが入ってきてドアを閉めた。ベッドのそばの椅子に腰をおろす。黙っていて、考えが読めない。いつものことだ。

「キャリーから聞いたんだけど、わたしのことをジョーンズ副支局長に告げ口するかどうか決める前に、話をしたいんですってね」

ジェームズはなにもいわない。すわったままわたしを見ている。いらつく。

「それで？」

彼は口をすぼめる。「あんたはたぶん逆のことを考えてると思うけど、ぼくとしては、あんたが現場に完全復帰するのはかまわないんだよ、スモーキー。うそじゃない。あんたは仕事ができるし、ぼくが求めるのは能力だけなんだ」

「だから？」

「問題は、あんたが中途半端な状態だということなんだ」といって、病院のベッドに横たわるわたしを手で示す。「こんなふうに。これじゃ危険だ。頼りにならない」

「それはどうも。糞食らって死んでくださいな」

ジェームズは聞き流す。「ほんとのことだ。考えてみてくれ。有能なあんただ。ふたりでアニー・キングのアパートメントにいたときは、もとどおりのあんたがいた。チームのメンバーもそう思ってた。キャリーもアランもあんたの意見にしたがおうとしてた。あんたを頼りにしはじめてた。ぼくたちは、ともすれば見落としてたかもしれない証拠まで見つけた。ところが、たった一通の手紙が原因で、あんたはこわれた」

「そんなに単純な話じゃないのよ、ジェームズ」

彼は肩をすくめる。「だからといって、それが問題になるわけじゃない。完全に復帰するか、復帰しないか、どちらかしかないんだ。こんなかたちで復帰されたら、あんたはみんなの足手まといになる。だからこそ、ぼくはいわせてもらいたいんだ」

「なにを？」

「完全に修復された状態で復帰するか、じゃなかったら引っこんでてくれ。ぼろぼろの状態で復帰しようとしたら、ぼくはジョーンズ副支局長のところへ直行して、上層部にも掛けあい、だれかが耳をかたむけてあんたをクビにしてくれるまで訴えつづける」

わたしのなかで怒りが煮えたぎっている。「あんたってほんとに傲慢《ごうまん》でいけ好かないやつね」

ジェームズは動じない。「そういうものなんだ、スモーキー。ぼくはあんたを信頼してる。あんたが約束を守る人だというのはわかってる。ぼくはそれを求めているんだ。完全な状態で復帰するか、まったく復帰しないか、どちらかにしてくれ。交渉の余地はない」

わたしはジェームズを見つめる。批判しているふうでも、あわれんでいるようでもない。やがて、ジェームズが無理をいっているわけではないことに気づく。彼のいっていることは道理にかなっている。

いずれにしても、ジェームズのことは大嫌いだ。

「どちらかにするって約束する。だから、さっさと出ていってよ」

ジェームズは腰をあげ、振りかえりもせずに立ち去った。

21

わたしたちチームは朝早く出発し、機内ではひとこともしゃべらなかった。ボニーはとなりにすわって、わたしの手を握ったまま遠くを見つめていた。キャリーは一度だけ口をきき、わたしの家にふたりの捜査官を配置して警備させることになったと伝えた。わたしがもう必要ないと判断するまでだという。ジャック・ジュニアが手の内を見せたあとだけに、またうちにやってくるとは思えなかったが、警備をつけてもらえるのはありがたかった。キャリーはAFISの指紋照合が空振りに終わったことも教えてくれた。やれやれ。

わたしの心のなかは荒れ狂っていた。パニックが爆発して四方にはじけとび、苦痛と混乱に火がついてごたまぜになって燃えている。わたしを圧倒しているのは、感情ではなく、現実なのだ。ボニーという現実。わたしは彼女に目をやる。ボニーが首をまわし、無邪気な顔でまともにわたしを見すえると、ますます不安になる。彼女はしばらくわたしを見つめていたが、そのうちまた身じろぎもせずに遠くを見つめだす。わたしはこぶしをかためて目を閉じる。パニックの小爆発がつづいて起こり、きらめき、炸裂し、音をたてる。

母親になると思うとこわくてたまらない。いまのわたしに母親としての役割がつとまるかどうかわからない。ボニーにはわたししかいないのに、先は長い。気が遠くなるほど長い。学校、クリスマスの朝、予防注射、〝ちゃんと野菜を食べなさい〟とか、〝運転をおぼえなさい〟とか、〝十時までに帰宅しなさい〟とか、かけることばもいくらでもある。大切なことば、くだらないことば、すてきなことば。保護者になれば、ありふれたすべてのことばが、もうひとつの人生にかかわる責任重大なものとなっていく。

それについて、わたしはかつてある考えをもっていた。わたしは母親という立場にあるだけではない。両親の一方でもあるという考えをもっていたのだ。わたしにはマットがいた。わたしたちは意見をぶつけあい、アレクサのためを思って議論し、ふたりで娘を愛した。親になると、自分は失敗しているという確信に近い気持ちに絶えずさいなまれ、まわりの人を責めることができると心がやすらぐ。

ボニーにはわたしがいる。わたししかいない。だめになったわたしは、荷物を積んだ貨物列車を引っぱっていき、その一方で、ボニーは恐怖と将来を積んだ貨物列車を引っぱっていく。将来って……どんな？　彼女はまた口がきけるようになるのだろうか？　友だちはできるだろうか？　ボーイフレンドは？　幸せになれるだろうか？

不安がふくらんでいくうちに、わたしはこの少女についてなにも知らないことに気づく。学校の成績がいいのかどうかもわからない。どんなテレビ番組が好きなのかも、朝食になにを食べているのかも知らない。なにひとつ知らないのだ。

知らないという恐怖がつのっていくと、わたしは心のなかでひとりごとをつぶやきはじめ、飛行機の横にあるハッチを開いて叫びながら外へ飛びだしたい衝動にかられる。かん高い声をあげ、涙を流し……。

すると、頭のなかからまたもやマットの声が聞こえてくる。やさしく、低く、なだめるような声。

「だいじょうぶだよ、スモーキー。落ちついて。大切なことからひとつずつやっていこうよ。いちばん重要なことはもう片づいているんだから」

「いちばん重要なことって？」わたしは心のなかで涙まじりにたずねる。

マットがほほえんでいるのを感じる。「ボニーを引きとったじゃないか。彼女はもうきみの娘なんだ。なにがあっても、どんなにつらくても、きみは彼女を引きとり、それを撤回することはない。それがママの第一ルールで、きみはもうやり遂げたんだ。あとは自然にうまくいくよ」

胸が締めつけられ、息がとまりそうになる。

ママの第一ルール……。

アレクサにも彼女なりの問題があった。まったく手のかからない子というわけではなかった。あなたは愛されているのよといって、安心させてやらなければならないこともあった。当時、わたしはしじゅう同じことをいいきかせていた。アレクサを抱きしめ、彼女の髪に唇をあてててささやいた。

「ママの第一ルールって知ってる？」と、わたしはいった。

アレクサは知っているのに、いつも同じことばを返してきた。

「なに？　ママの第一ルールってなんなの？」

「アレクサはママの子で、わたしはそれを撤回しない。なにがあっても、どんなにつらくても、もしも——」

「——風が吹かなくなって、太陽が輝かなくなって、星がきらめかなくなっても」アレクサはそういって、わたしたちの儀式をしめくくった。

それさえすれば、彼女は落ちつきを取りもどして安心するのだった。

胸が締めつけられる。

ママの第一ルール。

そこからはじめよう。

ちかちか光るパニックの炸裂がとまる。

いまのところは。

みんなで飛行機をおりた。わたしはボニーをつれて無言のまま離れていった。例の捜査官たちが家まで車でついてきた。外気は冷たく、うっすらと霧がかかっていた。高速道路は混みはじめたばかりで、まだ大渋滞というほどではなく、のろのろ走る車の列は、太陽があたためてくれるのを待ってゆっくりと進んでいく蟻《あり》の行列に似ていた。

車のなかは、家に帰りつくまでずっとしんとしている。ボニーはひとこともしゃべらないし、わたしは考えたり感じたり悩んだりしていて、話をするどころではない。

アレクサのことが頭から離れない。彼女が死んでからあまり考えていなかったことに、きのうになってはじめて気がついた。アレクサは……ぼやけていた。はるかかなたに、顔がかすんで見えるだけだった。サンズの夢を見たときに、ぼんやりした人影が出てきたのだが、それがアレクサだったとようやくわかる。ジャック・ジュニアの手紙を読み、記憶がよみがえったせいで、アレクサの顔がはっきり見えるようになったのだろう。

いまは、目がくらむほど、痛ましいほど美しく、鮮明に見える。アレクサの思い出は、ボリュームをあげすぎたシンフォニーを思わせる。耳が痛むのに、聴かずにはいられない。

母親のシンフォニーとは、海よりも深く、なりふりかまわず、命がけで愛すること。まばゆく輝く太陽よりも熱をこめて愛すること。かぎりない希望をもち、胸がいっぱいになるほどの喜びを感じることなのだ。

わたしはアレクサを心から愛していた。自分自身よりも、マットよりも愛していた。アレクサの顔がぼやけていたのはなぜなのか、いまはもうわかっている。あの子のいない世界なんて、ぜったいに——耐えられないからだ。

でも、わたしはこうして耐えている。そう思ったとたん、自分のなかのなにかがこわれる——けっして癒えることのないなにかが。

ありがたい。

永遠に痛みを感じていたいから。

二十分後に家についたときも、つきそってきた捜査官たちはうなずいてみせただけで、口はいっさいきかなかった。勤務中という意味だ。

「ここでちょっと待っててね」と、わたしはボニーにいう。

車のほうへ歩いていく。運転席側の窓がさがると、捜査官のひとりを知っているのがわかり、わたしは笑みをこぼす。ディック・キーナン。わたしがクワンティコで訓練をうけていたときに、教官をつとめていた捜査官だ。五十代半ばをすぎ、最後は〝街〟で迎えることにしたらしい。信頼できる人で、クルーカットのヘアスタイルにしてもなににしても、まさしく昔気質のFBIといった風情だ。悪ふざけをする人、射撃の名手でもある。

「どうしてここに来ることになったの？」と、わたしはディックにたずねる。

彼はにっこりする。「ジョーンズ副支局長だ」

わたしはうなずく。当然だ。「そちらは？」

もうひとりの捜査官は若い。わたしより若い。新米で、FBIの捜査官になって張りきっている。なにもしないまま車のなかで何日もすごすこともあるのに、それさえも楽しみにしているらしい。

「ハンニバル・シャンツです」窓から手をつきだして握手を求める。

「ハンニバル？」わたしはにやりと笑う。

彼が肩をすくめる。気立てのいい男。わたしにはわかる。なにをされても怒らない。だれにでも好かれるタイプだ。

「ディック、なにもかも把握してるの？」

彼は短くうなずく。「きみ。少女。きみがあの子を引きとることになった経緯についても聞いている」

「助かるわ。ひとつだけはっきりさせておきたいの。あの子を重点的に警備して。いいわね？　彼女かわたしか、どちらかひとりしか監視できない場合は、あの子から目を離さないでもらいたいの」

「了解」

「ありがとう。よろしくね、ハンニバル」

わたしは安心してその場を離れる。ボニーは家を背にして待っている。サンフランシスコからの移動中に時間がたっぷりあったので、自分があの家を離れなかったのはなぜなのか考えた。強情だったから。愚かだったからでもあるかもしれない。家がわたしの本質の基礎をなすものだということに気づいた。自分のうち。弱気になって手放したりしたら、自分は二度と完全にはなれないと、心のどこかでわかっていた。

〝ここは虎が棲む危険地帯〟。たしかにそうかもしれない。それでもやはり、家を離れるつもりはなかった。

わたしたちはキッチンにいる。つぎにどうするかは訊くまでもない。

「ねえ、ボニー、おなかすいた？」

彼女は顔をあげ、わたしを見てうなずく。

わたしは満足してうなずきかえす。ママの第一ルールは愛情。第二ルールは〝子孫〟に食べ物をあたえる。「なにがあるか見てみようね」

冷蔵庫を開けると、ボニーもやってきていっしょになかをのぞきこむ。「子どもにハンティングを教えろ」わたしはそう思ってから、こみあげるヒステリックな笑いを嚙み殺す。冷蔵庫のなかは期待できない。ピーナツバターはからに近いし、牛乳は賞味期限をすぎて腐りかけている。

「ごめんね、ボニー。買い物に行くしかなさそうよ」わたしは目をこすり、心のなかでため息をつく。疲れきっている。これもまたまちがいなく、親というものの現実のひとつなのだ。ルールではない。自然の摂理といったほうがいい。自分の子どもなのだから、自分が責任をもたなければならない。疲れているとしても、お気の毒さまとしかいえない――子どもは運転できないし、お金だってもっていないのだから。

しかたがない。わたしはボニーを見おろし、ほほえんでみせる。「食べ物を仕入れてこよう」

ボニーはまたいつもの無邪気な顔をしてにっこりする。そしてうなずく。

「よし」わたしは財布とキーをつかむ。「行くわよ」

ディックとハンニバルには、家に残るようにいっておいた。自分の身は自分で守れるし、帰ってきたときに待ち伏せをされていないとわかるほうがありがたい。

わたしたちは〈ラルフス〉というスーパーマーケットの通路を進んでいる。現代の食料さがしだ。

「あなたについていく」と、ボニーにいう。「なにが好きなのかわからないから、ほしいものがあったら教えて」

わたしはカートを押し、無言であたりを注意ぶかく見まわしながら歩いていくボニーのあとを追う。彼女がなにかを指さすたびに、わたしはそれを手にとって見つめ、潜在意識に刻みつける。頭のなかから低音の大きな声が聞こえてくる。〝マカロニ・アンド・チーズ〟と、太い声がとどろく。〝ミートソーススパゲティ――マッシュルーム抜き。ぜったいに。違反した場合は死刑に処する〟、〝チートス――辛口のスパイシータイプ〟食べ物の戒律。ボニーを知る手がかり。重要。

自分のなかで錆《さ》びついて埃をかぶっていたなにかが動きだす。動くたびに、歯車がきしみをあげる。愛情、庇護《ひご》、マカロニ・アンド・チーズ。自然で、しっくりくる。

「自転車に乗るのと同じだよ」マットのささやき声が聞こえる。

「かもね」と、わたしはつぶやく。

ひとりごとに夢中になっていたせいか、ボニーが立ちどまっていたのに気づかず、カートで彼女を轢《ひ》きそうになる。わたしは照れ隠しにほほえんでみせる。「ごめんね、ボニー。買いたいものはぜんぶそろった？」

彼女がにっこりしてうなずく。準備完了。

「じゃ、うちに帰って食べようね」

問題は自転車に乗ることではない。自転車に乗って通る道が変わったことだ。愛情、庇護、マカロニ・アンド・チーズ。了解。それに、口のきけない子どもと、傷だらけで、ひとりごとばかりいって、少しばかり常軌を逸している新しいママ。

わたしは電話でアランの奥さんと話しており、しゃべりながら、ボニーがマカロニ・アンド・チーズを夢中になってがつがつと食べるのを見ていた。子どもというのは、食べ物に関してはほんとうに現実的だ。〝天地がひっくりかえろうとしてるのはわかってるけど――とにかく腹ごしらえをしなきゃね〟

「助かるわ、エレイナ。事情はアランから聞いてるから、あえてたずねるつもりはないんだけど……」

エレイナがさえぎる。「やめてちょうだい、スモーキー」と、おだやかにたしなめる。彼女の口調を聞いて、わたしはマットを思い出す。「あなたには仕事をする時間が必要なんだし、その子にはあなたが留守にしてるあいだの居場所が必要なのよ。少なくとも、決着がつくまではね」わたしは胸がいっぱいになってなにもいえなくなる。エレイナはそれを感じとったようだ。いかにも彼女らしい。「あなたはかならず決着をつけるわ、スモーキー。その子のためになることをするにきまってる」そこで間をおく。「アレクサにとって、あなたはすばらしい母親だった。ボニーにとっても、立派な母親になるはずよ」

わたしは悲しみと感謝と陰鬱が入りまじった気持ちになる。咳払いをして、かすれた声でいう。「ありがとう」

「いいのよ。手が必要になったら、いつでも電話して」

エレイナはそれ以上なにも求めずに電話を切る。むかしから人の気持ちがよくわかる人だった。わたしが忙しいときはボニーをあずかるといってくれた。二の足を踏むこともなく、質問もしなかった。

「きみはひとりじゃないんだよ、スモーキー」と、マットがささやく。

「そうね」と、わたしは小声でいう。「ひとりじゃないのかも」

気がつくと、ボニーが食事を終えてわたしを見ていた。じっと見ている。わたしはぎくっとして、心の底から動揺する。

まったくもう。そして、ふと思う。なによりも早く気づく必要があったのは、まさにこれなのだ。わたしはひとりじゃない。ボニーがいっしょにいて、わたしを見ている。

暗がりに腰をおろして宙を見つめ、ひとりごとをいう日々――そんな日々に終止符を打たなければいけない。

正気を失った母親なんて、だれにも求められないのだから。

わたしたちは寝室でベッドにすわり、顔を見あわせていた。

「どう？　これでいい？」

ボニーはあたりを見まわし、ベッドカバーをなでると、顔をほころばせてうなずいてみせる。わたしは笑みを返す。

「よかった。たぶん、ここでわたしといっしょに寝たいんじゃないかと思ったんだけど――いやだったら、遠慮なくいってね」

彼女はわたしの手をつかみ、バネのついた人形みたいに首を振る。いっしょに寝たいという意味だ。

「オーケー。それと、いくつか話しておきたいことがあるの。聞いてくれる?」

うなずく。

このアプローチに反対する人もいるかもしれない。さっそく本題に入るというアプローチに。わたしはこのほうがいいと思っている。いまは感覚で判断しており、なんとなくだが、ボニーに対してはなにもかも正直に話すべきだという気がする。

「それじゃ、ひとつめ。わたしは眠ってるあいだに、ときどき……ううん、たいてい悪夢にうなされるの。ほんとにこわいこともあって、そんなときは悲鳴をあげて目をさましちゃう。あなたがいっしょに寝てるときくらいは、こわい夢なんか見ないようにしたいんだけど、自分の力ではどうしようもないのよ。だから、うなされたとしても、こわがらないでほしいの」

ボニーはわたしの顔をまじまじと見る。彼女の視線がナイトテーブルのフォトフレームに移動する。わたしとマットとアレクサの写真で、この先で死が待ちうけているとは露ほども知らずに、満面の笑みを浮かべている。ボニーは写真をながめてから、けげんそうな顔をしてわたしに視線をもどす。

少ししてからようやく意味がわかる。「そうよ。悪夢というのは、このふたりの身に起こったことなの」

ボニーは目を閉じる。片手をあげ、自分の胸にそっとあてる。目を開けてわたしを見る。

「あなたも見るの？　わかったわ、ボニー。ねえ、取り決めをしない？　どちらかが悲鳴をあげて起きだしても、ぜったいにこわがらないって約束するの」

彼女はにっこりする。なんとも非現実的な感じがする。相手は十歳の少女なのに、ファッションや音楽、公園でなにをしたかといったことについて話しているわけではない。夜中の悲鳴に関する協定を結ぼうとしている。

「つぎは……これはちょっとむずかしい問題よ。わたしはいまの仕事をつづけるかどうか迷ってるの。悪い人たちをつかまえる仕事よ。あなたのママがされたようなことをする人たちをつかまえるの。そんな仕事をつづけると、とても悲しい思いをするかもしれない。わかる？」

ボニーはつらそうにうなずく。よし、わかるらしい。

「とにかく、まだ決めていないの。仕事をやめることにした場合は、つぎになにをするかふたりで考えればいい。つづけることにした場合は……いつもあなたといっしょにいるというわけにはいかなくなる。仕事に出るときは、だれかに頼んであなたの面倒を見てもらわなきゃいけない。いずれにしても、これだけは約束する——その場合は、あなたの好きな人に頼むわね。どう？　それでいい？」

おずおずとうなずく。なんとなくこつがつかめてきた。このうなずき方は「いいわよ」——「大賛成ってわけじゃないけど」という意味らしい。

「つぎは最後のひとつよ、ボニー。いちばん大切なことだから、よく聞いて。いいわね？」わたしはボニーの手をとり、彼女をしっかり見すえてことばをつづける。「あなたがわたしといっしょに暮らしたいというのなら、そうする。わたしはあなたを手放さない。ぜったいに。約束する」

その瞬間、病院のベッドにいるボニーに会って以来はじめて、彼女の顔に真の感情があらわれる。悲しみが押しよせてきたのだろう、彼女の顔がくしゃくしゃになる。涙があふれだして頬を伝う。わたしはボニーの肩をつかんで抱きよせ、涙にむせぶ彼女をそっと揺らす。ボニーを抱きしめ、唇を髪にあててささやきながら、アニーとアレクサとママの第一ルールを頭に浮かべる。

かなり時間がかかったが、ボニーがようやく泣きやむ。わたしの胸に頭を押しつけたまま、あいかわらずしがみついている。そのうち洟をすする音が聞こえなくなり、両手で涙をぬぐいながら体を引き離す。小首をかしげ、わたしの顔を見る。真剣に見つめる。わたしの傷痕に視線をさまよわせている。彼女が片手をあげて顔にふれると、わたしははっとする。ボニーは傷痕を指でそっと——ほんとうにそっと——なぞっていく。額の傷にふれてから、頬骨の上の傷を羽のように軽くなでる。ボニーは目に涙をため、わたしの頬に手のひらをあてる。そのあと、わたしの腕のなかにもどってくる。こんどはボニーがわたしを抱きしめている。

不思議なことに、わたしは抱きしめられても泣きたいとは思わない。やすらぎを感じる。心がなごむ。病院にいたときに凍りついた部分に、ぬくもりがしみこんでいく。わたしは体を引き離し、にやっと笑って見せる。「わたしたち、たいしたコンビだと思わない？」

ボニーは偽りのない笑みを返す。いまだけだというのはわかっている。ほんとうの悲しみが襲ってきたときには、それが大津波になることもわかっている。それでも、彼女の笑顔を見ることができてうれしい。

「ねえ、さっきの話だけど、ほら、いまの仕事をつづけるかどうか迷ってるっていったでしょ？　じつはね、いまからやらなければならないことがあるの。ついてくる？」

ボニーはうなずく。ようし。わたしはもう一度にっこりし、彼女の顎の下をなでる。「それじゃ、出かけよう」

わたしは車でサンバーナディーノの射撃練習場へむかった。勇気を奮い起こそうとして、運転席にすわったまま射撃場をながめた。建物は機能さえ果たしてくれればいいという感じで、外壁のペンキは剝げかけ、窓はふいた形跡がない。銃と同じだ。銃は傷がついたりへこんだりして輝きを失っていてもかまわない。重要なのは基本的な真実なのだ。弾を発射できるかどうか。目の前のくたびれた建物についても同じことがいえる。この射撃練習場には、ほんとうに真剣な銃の持ち主たちがやってくる。真剣といっても、熱狂的な人たちという意味ではない。人を殺すため、あるいは治安を守るために、長年にわたって銃を使ってきた男性（と女性）たちのことだ。

わたしのような人間。わたしはボニーを見て、ゆがんだ笑みを浮かべてみせる。

「準備はいい？」

うなずく。

「じゃ、行こう」

射撃練習場のオーナーのことはよく知っている。元海兵隊狙撃手で、目は表むきはあたたかいが、裏は冷たい。わたしの姿を見るなり、大声で呼びかける。

「スモーキー！　ずいぶんご無沙汰だったじゃないか！」

わたしは笑顔を見せ、傷痕を指さす。「ちょっと災難にあってね、ジャズ」

彼はボニーに気づいてにっこりする。彼女は笑みを返さない。「その子は？」

「ボニーよ」

ジャズはむかしから人の心を読むのがうまい。ボニーのようすがおかしいことに気づいたのだろう、〝やあ、お嬢ちゃん、元気かい？〟などと、よけいなことはいっさいいわない。ボニーにむかって会釈だけすると、カウンターに両手をついてこちらをむく。

「必要なものは？」

「あのグロック」といって指さす。「クリップをひとつ。それと耳あてをふたつお願い」

「いいとも、いいとも」ジャズはケースから銃を取りだし、となりにクリップを並べる。つづいて、壁にかかっている防音用の耳あてをはずす。

手がじっとり汗ばんでいる。「じつは、あの、頼みたいことがあるんだけど、ジャズ。これを練習場にもっていって、クリップを装塡してほしいの」

ジャズが目をまるくする。わたしは恥ずかしくて赤面しているのがわかる。声は、出してみると思いのほか落ちついている。「お願い、ジャズ。これはテストなの。あそこに入って銃を手にとれなかったら、もう二度と撃てないと思う。入るまでは銃にふれたくないの」

ジャズはぬくもりと冷たさの入りまじったいつもの目でわたしを観察している。ぬくもりが勝利を収める。「お安いご用さ、スモーキー。ちょっと待ってくれ」

「ありがとう。ほんとに助かるわ」わたしは耳あてをつかみ、ボニーの前で膝をつく。「射撃場のなかではこれをつけなきゃならないの。銃を撃つとすごい音がするから、これをつけないと耳を傷《いた》めちゃうのよ」

ボニーはうなずいて手を差しだす。わたしは防音用の耳あてをわたす。彼女が耳あてをつけると、わたしもつける。

「ついてきな」と、ジャズがいう。

わたしたちはドアを通って練習場に入っていく。すぐにあのにおいがする。煙と金属のにおい。こんなにおいはほかにない。練習場に先客がいないとわかってほっとする。

わたしはボニーに、そばを離れてうしろの壁にくっついているようによくいってきかせる。ジャズがわたしを見て、銃にクリップをすべりこませる。練習場に面した木製の小さなカウンターに銃をおく。いまは冷たい目をしているが、わたしにむかってにっこりすると、背をむけてフロントのほうへ引きかえす。わたしがひとりになりたがっているのを知っているのだ。

わたしは振りかえってボニーにほほえみかける。彼女は笑みをかえさない。真剣な面持ちでわたしを見つめている。わたしがここでなにかを、なにか重要なことをしようとしているのはわかるらしい。重要だとわかるからこそ、真剣にうけとめているのだろう。

わたしは人間のかたちをした的を手にとり、クリップでとめる。ボタンを押すと的が移動しはじめ、練習場のむこうのほうへ遠ざかっていく。そのうち、トランプくらいのサイズにしか見えなくなる。

胸のなかで心臓が激しく鳴っている。わたしは震え、汗をかいている。

うつむいてグロックを見る。

黒光りする死の道具。その存在に異議を唱える人もいれば、美しいと考える人もいる。わたしにとっては、つねに自分の延長だった――裏切られるまでは。

グロック34。銃身は百三十五ミリ、重さは弾を装塡した状態で七十一グラム。弾倉には九ミリ弾が十七発入る。引き金の引きは、改造されていない状態で二・一キロ。データはぜんぶ頭に入っている。自分の身長や体重と同じようによく知っている。問題は、この黒い武器とわたしが和解できるかどうかだ。

グロックに手を近づける。いまは汗が噴きだしている。頭が朦朧としている。歯を食いしばり、無理やり手を伸ばす。わたしの銃から弾が発射されてアレクサの胸につきささり、永遠の眠りについたときの彼女の瞳と、アルファベットのOのかたちをした口が目に浮かぶ。その光景が頭のなかでエンドレステープみたいに何度も何度も再生される。銃声と死、銃声と死、銃声とこの世の終わり。

「ちくしょう、ちくしょう、ちくしょう!」自分がなににむかって叫んでいるのかわからない。神、ジョセフ・サンズ、自分自身、あるいは銃なのか。

わたしは手をすばやくなめらかに動かしてグロックをつかみ、つぎの瞬間には撃ちまくっている。黒い鋼《はがね》が手のなかで跳ねかえる。バン、バン、バン、バン！　わたしは震え、泣いている。

まもなく、弾倉がからになってカチッという音が聞こえる。わたしは気絶していない。

けれども、グロックはまだ手のなかにある。そして、わたしは気絶していない。

「お帰り」グロックのささやきが聞こえてきそうな気がする。

わたしは震える手でボタンを押し、的を自分のほうへ引きよせた。そばにもどってきた的を見て、悲しみがかすかにまじっているとはいえ、喜びでいっぱいになる。頭に十発、心臓に七発。撃ちたかったもの、撃ちたかった場所すべてに命中している。以前と同じ、少しも変わっていない。

的を見てからグロックに視線を移すと、先ほどの喜びと悲しみをあらためて感じる。かつてのわたしにとって、射撃は純然たる喜びだったが、そんなふうに思えることが二度とないのはわかっている。射撃の陰には、あまりにも多くの死があった。忘れられないほどたくさんの悲しみがあった。

それはそれでいい。これで、知っておかなければいけないことはわかった。わたしは銃を握ることができる。銃を愛しているかどうかは重要ではない。

わたしはクリップをはじきだし、的をつかんでボニーにむきなおる。彼女は的とわたしを見て目をまるくしている。やがてにっこりする。わたしはボニーの髪をくしゃくしゃにすると、ふたりで練習場を出てフロントに引きかえした。ジャズが腕組みをしてスツールに腰かけている。口もとにかすかな笑みを浮かべていた。目はあたたかみだけで、冷たさはいっさい見あたらない。

「やっぱりな、スモーキー。思ったとおりだ。生まれつきの才能なんだよ。生まれつきの」

わたしはジャズを見つめてからうなずく。彼のいうとおりだ。

わたしの手と銃。ふたたび結婚した。不変の関係とはいえ、自分がそれを恋しく思っていたことに気づく。銃はわたしの一部なのだ。もちろん、銃だってもう若いわけではない。年を重ね、傷だらけになっている。

わたしを花嫁に選ぶと、そうなるのだ。

第2部　夢と結果

22

ボニーが真夜中に悲鳴をあげて目をさました。

子どもがあげる悲鳴ではない。地獄の部屋に閉じこめられた人のわめき声に近い。わたしは急いで枕もとの明かりをつけた。ボニーがまだ目を閉じているとわかって愕然とする。わたしの場合は、悲鳴をあげるとかならず目をさます。ボニーは眠ったまま悲鳴をあげている。夢のなかに閉じこめられており、恐怖におののいて声を出すことはできても、目をさますことはできないらしい。

ボニーの肩をつかんで強く揺さぶる。悲鳴が小さくなって目が開き、ようやく静かになった。わたしの頭のなかではいまでも悲鳴が聞こえるし、ボニーは震えている。わたしはボニーを抱きよせ、なにもいわずに髪をなでる。ボニーはわたしにしがみつく。まもなく、彼女の震えがとまった。少しして、ボニーは眠りにつく。

わたしはそっと腕をほどく。ボニーはやすらかな顔をしている。彼女をながめているうちに、わたしも眠りに落ちていく。そして、半年ぶりにアレクサの夢を見た。

「ねえ、ママ」アレクサがにこにこしていう。

「どうしたの、ひよこのお尻《チキンバット》ちゃん？」はじめてそう呼ばれたとき、アレクサはゲラゲラ笑いだし、笑いすぎて頭が痛くなり、そのうちとうとう泣きだしてしまった。以来、わたしはいつも娘をそう呼んでいた。

アレクサがまじめな顔をしてわたしを見る。いかにもアレクサらしく、それでいてぜんぜん彼女らしくない表情だった。似つかわしくないのは、そんな顔をするにはまだ幼すぎたから。似つかわしいのは、ほんとうにまじめな子だったからだ。父親譲りの茶色の瞳でわたしを見つめる。顔は両親の遺伝子をうけついでいるが、アレクサにしかないえくぼのせいで、いたずら好きな小妖精を思わせる。うちにやってくる郵便配達人にもえくぼがあり、マットはよくふざけて、もしかしたらきみに〝速達〟をとどけにきたんじゃないか、といっていた。ばかみたい。

「ママのことが心配なの」

「どうして？」

茶色の瞳に悲しみが浮かぶ。年齢に似つかわしくない悲しみ、えくぼに似つかわしくない悲しみに満ちていく。

「だって、あたしに会えなくてすっごく寂しそうなんだもん」

わたしはボニーをちらっと見てから、アレクサに目をもどす。「ボニーのことはどうなの？ 気にならない？」

アレクサが返事をできないうちに、わたしは目をさます。目は乾いているが、胸が締めつけられて息苦しい。しばらくすると、痛みがやわらぐ。わたしは横をむく。ボニーは目を閉じておだやかな顔をしている。

わたしは彼女を見ているうちにふたたび眠りに落ちていくが、こんどは夢を見ない。

朝が訪れた。ボニーに見つめられながら鏡にむかった。わたしはとっておきの黒いビジネススーツを身につけていた。マットは〝勝負スーツ〟と呼んでいた。いまでも見栄えがする。

髪のことをかまわなくなってから何カ月もたっていた。気にかけたとしても、前髪の位置をずらして傷痕を隠す程度だった。かつては髪をまとめずに、流れるようにたらしていた。いまはひとつに束ねて引っつめている。ボニーがポニーテールにするのを手伝ってくれた。傷を隠すのではなく、強調している。

おかしなものだ。自分の目をのぞきこみながら考える。思ったほど悪くない。もちろん、美しくはない。衝撃的ではある。でも……全体的に見て、まずくはない。どうしていままで気づかなかったんだろう？　なぜ醜いと思っていたんだろう？　たぶん、心が醜くゆがんでいたからだと思う。

わたしは自分の姿に満足する。強そうに見える。厳しそうに見える。手ごわそうに見える。いずれもいまのわたしの人生観にぴったり合っている。わたしは鏡から目をそらして振りかえった。「ねえ、どう？　かっこいい？」

ボニーがうなずき、にっこりする。

「それじゃ行動開始。きょうはいろんなところに行くわよ」

手をつなぎ、ボニーとふたりで外に出ていく。

まず、ドクター・ヒルステッドのオフィスに寄った。事前に電話しておいたので、ドクターはわたしを待っていた。オフィスにつくと、わたしはボニーに、ドクター・ヒルステッドの受付係のイメルダといっしょにいなさいと伝えた。イメルダは強引といっていいようなやり方で人を大事にするラテン系の女性で、思いやりとぶっきらぼうさの入りまじった接し方に、ボニーは好感をもったらしい。わたしにもわかる。わたしたち〝歩く傷物〟はあわれみが大嫌いで、ふつうの人間として扱ってほしいのだ。

オフィスに入っていくと、ドクター・ヒルステッドが立ちあがって迎えてくれる。心配そうな顔をしている。「スモーキー。とんだことになって心から同情してるよ。あんなかたちで知ってしまうなんて、思ってもみなかったんだ」

わたしは肩をすくめる。「ええ、まあね。犯人はうちに侵入したんですよ。わたしが眠ってるのを見てたというの。どうやら、彼はわたしを監視してるみたい。そこまでするなんて想定外でした」

ドクター・ヒルステッドはショックをうけたらしい。「彼がきみの家に……侵入した？」

「ええ」わたしもドクターも〝彼〟ということばを使ったが、あえて訂正しない。〝彼〟が〝彼ら〟だという情報は、チーム内だけにとどめられている。いわば、とっておきの切り札なのだ。

ドクター・ヒルステッドは髪に手を走らせる。動揺しているようだ。「じつに気味の悪いことだな、スモーキー。職業柄、そういう話を事例として読むことはあるが、じっさいにあったと聞いたのははじめてだ」

「そんなもんですよ。たぶん」

わたしの口調が落ちついていることに、ドクターは注意を引かれる。オフィスに入ってからはじめてわたしをまともに見る。変化に気づき、医師としての自覚を取りもどしたのだろう。

「かけたらどうだね？」

わたしは、デスクのほうをむいて並んでいる革張りの椅子に腰をおろす。ドクター・ヒルステッドは考えこんでわたしのほうをむく。「わたしが弾道検査の結果を伝えなかったからって、怒ってるのかい？」

わたしは首を振る。「いいえ。というか——怒ってました。でも、ドクターの考えはわかるし、それでよかったと思います」

「きみの心の準備ができてから話すつもりだったんだ」

わたしは微苦笑を浮かべる。「心の準備ができていたかどうかわからないけど、なんとか対処できました」

ドクター・ヒルステッドはうなずく。「そうだね。きみは変わったようだな。それについて話してくれないか？」

「話せることなんてたいしてないけど」といって肩をすくめる。「とにかく打ちのめされました。信じられなかった。でも、やがてなにもかも思い出したんです。アレクサを撃ったこと。キャリーを撃とうとしたこと。この半年のあいだに感じてきた痛みが、一気に襲いかかってきたみたいでした。そのあと、意識を失ったんです」

「キャリーから聞いたよ」

「重要なのは、目をさましたときに、死にたくないと思ったことなんです。ある意味では、うしろめたかった。罪悪感をおぼえました。でも、やっぱり本心だった。わたしは死にたくないんです」

「そう思うのはいいことだよ、スモーキー」と、ドクター・ヒルステッドは静かな声でいう。

「それだけじゃないんです。うちのチームについても、ドクターのいうとおりでした。あの人たちは家族同然なんです。しかも、それぞれに悩みをかかえてる。アランは奥さんが癌をわずらってる。キャリーはだれにも話そうとしないけど、なにか悩みがあるみたい。わたしはそんな仲間たちを黙って見すごすなんてできないって気づいたんです。あの人たちが大好きなんです。わたしが必要とされてるときは、そばにいてあげないといけないんですよ。わかるでしょ?」

ドクター・ヒルステッドはうなずく。「わかるよ。じつをいうと、そんなふうに感じてほしいと願っていたんだ。チームの仲間が悩みをかかえてるのは知らなかった。だが、きみはここしばらく孤立していた。それだけに、仲間のところへもどれば、あることを思い出してくれるんじゃないかと期待していたんだよ。生きつづける理由になることを」

「どんなことですか?」

「義務だ。きみの原動力。きみには仲間に対する義務がある。被害者たちに対しても」

わたしは不意打ちを食らう。どんぴしゃりだったからだ。わたしが完全に立ちなおれる日は、永遠に訪れないかもしれない。夜中に悲鳴をあげて目ざめる日は、死ぬまでつづくかもしれない。でも、友だちに必要とされるかぎり、悪党どもが人を殺すかぎり、わたしはこの世に踏みとどまらなければならない。ほかに道はないのだ。「いまのことばは効き目がありました」と、わたしはいう。

ドクター・ヒルステッドはおだやかにほほえむ。「よかった」

「ええ。じつは」といってため息をつく。「サンフランシスコから帰ってくるときに、考える時間がたっぷりあったんです。ひとつだけ、どうしてもためしてみなければと思ったことがあって。それができなかったら、わたしはもうおしまい。その場合は、きょうじゅうに辞表を出すつもりだったんです」

「どんなことだね？」と、ドクターはたずねる。わかっているにちがいない。わたしにいわせたいだけなのだろう。

「射撃場に行ったんですよ。グロックを手にして、いまでも撃てるかどうかためすことにしたんです。握っても気を失わないかどうか、それだけでもたしかめたかったんです」

「そしたら？」

「なにもかももとどおりでした。撃てなかったときなんてなかったみたいに」

ドクター・ヒルステッドは両手の指先を合わせて屋根をつくり、わたしを見る。「それだけじゃない。ほかにもなにかあるんだろ？　顔つきだけでなく、なにからなにまで変わったからね」

わたしはドクター・ヒルステッドの目をのぞきこむ。この数カ月にわたって力になろうとしてくれた人の目を。わたしのような人間を救う彼の技術は、無秩序と正確さが入りまじったみごとなダンスのようなものだ。身を引いたり、フェイントをかけたり、攻撃を仕掛けたりするタイミングを心得ている。患者の精神をまとめてもとどおりにする作業。わたしは連続殺人犯を追いかけるほうがいい。「ドクター・ヒルステッド、わたしはもう被害者じゃないんです。もっとわかりやすい表現なんて思いつかない。いろんなことばで飾らなくてもわかってもらえるでしょう。とにかく、それがほんとの気持ち。そういうことなんです」わたしはうしろに寄りかかる。「ドクターのおかげよ。感謝してます。力になってくれなかったら、わたしは死んでたかもしれない」

ドクター・ヒルステッドはにっこりする。それから首を振る。「そんなことはないよ、スモーキー。きみは死んでなんかいなかったと思う。わたしのおかげだと思ってくれるのはうれしいけど、きみはもともと逆境に強い人なんだ。そういう意味でも、みずから命を絶つようなまねはしなかっただろう」

そうかもしれない。ちがうかもしれない。

「それで、どうする？　セラピーはもう必要ないということかい？」正真正銘の質問だ。ドクター・ヒルステッドはすでに正解を出しているようではない。

「ちがうんです。必要ないというわけじゃありません」わたしはにっこりする。「おかしなことだけど、精神科医のセラピーをどう思うかって、一年前に訊かれていたら、わたしはいやみをいって、セラピーが必要だと思ってる人たちを見くだしてたはずです」といって首を振る。「でも、いまはちがう。わたしにはまだ解決しなければならない問題があるんです。友人が死んで……」わたしはドクターに目をむける。「彼女の娘を引きとったんです。知ってます？」

彼はまじめな顔をしてうなずく。「その子のことはキャリーから聞いてる。きみが引きとったと知って安心したよ。彼女はとても寂しい思いをしてるにちがいない」

「あの子、口をきかないんです。うなずくだけ。ゆうべは眠ったまま悲鳴をあげてました」ドクター・ヒルステッドの表情が曇る。正気の人なら、子どもが苦しんでいるのを想像して楽しいと思うわけがない。「心の傷が癒《いや》されるまでには長い時間がかかるだろうね、スモーキー。もしかしたら、何年も口をきかないかもしれない。いましてやれることとしては、きみのしてることがベストだと思う——そばにいてやることだ。事件について話そうとするのはやめておいたほうがいい。心の準備ができていないからだ。何カ月かたっても、準備ができるとは思えないがね」

「ほんとに？」わたしの声は沈んでいる。ドクター・ヒルステッドは目にやさしい光をたたえている。

「ほんとだ。スモーキー、いまの彼女に必要なのは、もう安全で、きみがそばにいるとわからせること。これからも生きつづけるんだとわからせることなんだ。彼女の場合は、子どもにとって基本的な心のよりどころ——両親がいるとか、安心して暮らせる家があるとか——そういった根本的なよりどころが崩壊してしまった。きわめて個人的かつ悲惨なかたちで。そんなよりどころを築きなおすには、かなり時間がかかるだろう」ドクター・ヒルステッドは慎重なまなざしでわたしを見る。「それだけはいっておくよ」

わたしはごくりと喉を鳴らしてうなずく。

「いずれにしても、あせってはいけない。彼女を見守り、そばにいてやるんだ。事件について話しても差しつかえない時期がくれば、おのずとわかるだろう。そのときがきたら……」ほんの一瞬、いいよどむ。「そのときがきたら、知らせてくれ。彼女にふさわしいセラピストを紹介するよ」

「ありがとう」ふと、べつの考えが浮かぶ。「学校は？」

「しばらくようすを見たほうがいいだろうね。彼女の心のケアを第一に考えるべきだ」顔をしかめる。「その方面はなかなか予測がつかないんだよ。よく聞くと思うけど、あれはほんとうなんだ——子どもは立ちなおりが早いっていうだろ？　またたくまに回復して、学校という複雑な社会交流の場に行く準備ができる場合もあれば」——肩をすくめ——「卒業までずっと自宅学習をつづけなければならない場合もある。しかし、少なくともいまのところは、それについては心配しなくていいだろう。大切なのは、彼女に元気になってもらうことだ。わたしにできることがあれば、いつでも力になるよ」

安堵の波が押しよせてくる。これから進んでいく道筋が見えてきて、しかも自分で選ぶ必要もなかった。「ありがとう。助かります」

「きみはどう？　彼女を引きとることになって、精神的にはどうなんだい？」

「気がとがめる。喜んでる。喜んでるから気がとがめる。気がとがめるから喜んでる」

「なぜそんなに葛藤するんだ？」と、静かな声でたずねる。

ドクター・ヒルステッドは、葛藤するのが悪いといっているのではない。〝なぜなのか話してくれ〟といっているのだ。

わたしは髪に手を走らせる。「葛藤しないほうがおかしいと思うんです。わたしはおびえてる。アレクサがいなくなって寂しくてたまらない。失敗しそうで不安にかられてる。理由ならいくらでもあります」

ドクター・ヒルステッドは真剣な面持ちで身を乗りだす。なにかをつかんだらしく、手放す気はないようだ。「不要な要素を取りのぞいて凝縮するんだ、スモーキー。いろんな要素があるというのはわかる。そんな感情をいだくのには、さまざまな理由があるだろう。それを分解して、把握できるものにしてごらん」

すると、いきなり頭に浮かぶ。「あの子がアレクサであって、アレクサじゃないから」と、わたしはいう。

まさにそれ、単純明快な理由。ボニーはアレクサを――娘を取りもどすチャンスなのだ。けれども、ボニーはアレクサではない。アレクサは死んだのだから。

表面上、真実はすばらしいものばかりとはかぎらない。なかには苦痛をあたえる真実もある。のぼり坂やつらい仕事の出発点にすぎない真実もある。この真実を知って、わたしはむなしくなる。風のない野原で鳴る鐘のようにうつろな響きがある。

この真実を克服できれば、なにもかも変わるにちがいない。しかし、並大抵の苦労ではなく、不快で、わたしは傷つくだろう。

「そう」と、やっとの思いでいう。耳ざわりな声だ。わたしは背筋を伸ばし、痛みを押しのける。「ありがたいけど、こんな話をしてる場合じゃないんです。時間がなくて」思いのほかきつい口調でいう。ドクターも気の毒に。いまのわたしには怒りが必要なのだ。自分の厳しい部分を取りもどす必要がある。

ドクター・ヒルステッドは気を悪くしたようではない。「だろうね。とにかく、いつか時間をつくってくれ」

わたしはうなずく。

彼がにっこりする。「それじゃ、本題に入ろう。これからどうするつもりなんだい?」

「これから」といったとたん、冷たい声になり、心まで冷たくなる。「仕事に復帰します。そして、アニーを殺した犯人をさがしだします」

ドクター・ヒルステッドは長いあいだわたしを見つめている。レーザー光線のようなまなざしだ。わたしの考えを天秤にかけ、同意しようかどうか決めようとしている。デスクの引き出しに腕を伸ばし、わたしのグロックを取りだした瞬間、どんな判断をくだしたのかはっきりとわかる。グロックはまだ証拠品用のビニール袋に収められている。「たぶん、そんなことをいうだろうと思っていたから、これを用意しておいたんだ」首をかしげる。「ほんとうは、このために会いにきたんだろ？」

「ちがいます」わたしはにここにしていう。「けど、それも理由の一部よ」銃をうけとってバッグにしまいこむ。立ちあがってドクター・ヒルステッドと握手をかわす。「それと、元気になった姿を見てもらいたかったの」

ドクターは心もち長めに手を握る。彼のやさしさが感じられる。まなざしからにじみでている。「なにかあったらまた来なさい。いつでも相談に乗るよ」

すると、驚いたことに——涙があふれだす。涙とは決別したつもりでいた。思いちがいでよかったのかもしれない。相手が見知らぬ人だろうと、友だちだろうと、だれかのやさしさに胸を打たれないなんていうことは、ぜったいにないようにしたい。

23

「ここで仕事をしてるの」

ボニーは手をつないだまま、けげんそうな顔をしてわたしを見あげる。

「そう。また仕事をすることにしたの。まず、上司に伝えないとね」

彼女はわたしの手をぎゅっと握る。賛成しているらしい。

とりあえず、エレベーターでNCAVCのオフィスにあがっていく。入ってみると、キャリーとジェームズしかいない。

「ハーイ」キャリーがためらいがちにあいさつする。ジェームズは無言で見ている。

「キャリー、これからジョーンズ副支局長に会いにいくんだけど、ボニーをあずかってくれない？　そんなに長くかからないわ」

キャリーはわたしをまじまじと見る。それからにこにこしてボニーを見おろす。「あなたはどうなの？　わたしといっしょでかまわない？」

ボニーがじろじろ見て観察するあいだ、キャリーは辛抱強く待っている。ボニーはうなずいてわたしの手を放すと、キャリーのそばへ行って彼女の手をとる。

「すぐにもどってくる」わたしはそういって立ち去る。キャリーたちがいぶかしく思っているのはわかっている。かまわない。すぐにわかるのだから。

わたしは最上階にあるジョーンズ副支局長のオフィスに行く。受付係のシャーリーがプロらしい笑みを浮かべて迎えてくれる。「こんにちは、スモーキー」

「ハーイ、シャーリー。副支局長はいる？」

「確認するからちょっと待って」受話器をとり、インターコムのボタンを押す。シャーリーは副支局長がいるのを知っている。わたしに会う気があるかどうかを確認するという意味なのだ。あてつけではない。シャーリーは相手がアメリカ合衆国の大統領でもかまわず待たせるだろう。「副支局長？　バレット捜査官がお見えです。ええ。かしこまりました」インターコムを切る。「どうぞ、入って」

オフィスのドアにむかおうとすると、シャーリーがわたしの袖をつかむ。口もとをほころばせ、茶目っ気のある微笑を浮かべている。「お帰りなさい。あら、そんなにびっくりしないでよ。おつむの弱い人間だって、どういうことかちゃんとわかるわ。あなた、とっても元気そうよ、スモーキー。ほんとに元気そう」

「シャーリー、うちのチームで働かない？　そんなに頭が切れるんだから」

彼女は声をたてて笑いだす。「せっかくだけど、お断わりするわ。刺激が乏しくてものたりないもん。この仕事のほうが危険でおもしろいわ」

わたしはにやりと笑ってドアを開ける。オフィスに入ってドアを閉める。ジョーンズ副支局長はデスクについており、鋭い目でわたしをながめまわす。なにかに気づいて満足したのか、無言でうなずく。

「かけなさい」わたしが腰をおろすと、副支局長はうしろに寄りかかる。「十分ほど前に、ドクター・ヒルステッドから電話をもらったよ。現場の仕事に完全復帰していいそうだ。そのことで会いにきたんだろ？」

「そうです。復帰の準備ができました。ただし、ひとつだけ条件があるんです。アニーの事件を担当させてください」

ジョーンズ副支局長は首を振っている。「それはどうかな、スモーキー。あまりいい考えだとは思えないね」

わたしは肩をすくめてみせる。「だったら、辞職します。私立探偵になって犯人をさがします」

ジョーンズ副支局長は、口がぽかんと開くのを懸命にこらえているような顔をしている。怒っているようでもある。噴火直前の火山か爆発直前の水素爆弾みたいに怒っている。「最《さい》後通牒《ごつうちょう》をつきつけてるつもりか？」

「そうです」

副支局長はあいかわらずわたしをにらみつけている。ショックと怒りが覇権《はけん》をかけて争っている。やがて、双方が同時にぱっと消える。副支局長は首を振る。頬がゆるみ、口の片隅がほころびはじめる。

「ずいぶん強気だな、バレット捜査官。いいだろう。復帰しろ。あの事件はまかせる。頻繁に連絡してくれ」

以上、おしまい。出ていって復職しろといっているのだ。わたしは腰をあげる。

「スモーキー」

わたしは副支局長のほうにむきなおる。

「あのくそったれどもをつかまえてこい」

NCAVCのオフィスでは、キャリーとジェームズが待っていた。なにかあったと知っているにちがいない。ふたりにとって、チーム全員にとって、これは重大な瞬間なのだ。人生がすっかり変わってしまうかもしれない。ふたりには、オフィスに来たときに話すべきだったのかもしれないが、ジョーンズ副支局長がアニーの事件を担当させてくれるかどうかわからなかったのだ。百パーセント確信していたわけではない。担当させてくれなかった場合は、本気で辞職しようと思っていた。

「キャリー、ボニーをエレイナにあずけてくる。キャリーが目をまるくする。ジェームズはなにか問いたげにわたしを見ている。「約束を守ったのよ。復帰する」

ジェームズは一度うなずいただけで、質問はしない。キャリーの顔は安堵と喜びに満ちている。そんな表情を見られるのはうれしいけれど、少しだけ残念な感じもする。キャリーはなにもかももとどおりになると思っているのだろうか？　まさか。でも、なにもかもうまくいくことはまちがいない。仲間と仕事ができるというのは、いつものように、価値のあることなのだ。

しかし、わたしたちは成長した。強くなった。試合にはじめて負けた無敗のチームのように、わたしたちは不死身ではなく、傷つけられ、命を落とす可能性さえあるということを学んだ。

わたしも変わった。犯人たちは気づくだろうか？　気づいたとしたら、喜ぶだろうか？　それとも残念がるだろうか？　ドクター・ヒルステッドに話したことはうそではない。わたしはもう被害者ではなくなった。だからといって、かつてのスモーキー・バレットにもどったという意味ではない。

射撃場にいたときに、ふと悟った。神を信じているわけではないけれど、啓示みたいなものだった。愛することは二度とないとわかった。マットは最愛の人だったが、彼はもういない。マットのかわりになる人は永遠にあらわれない。あきらめているわけでも、落ちこんでいるわけでもない。たしかなことで、それがわかると心がやすらいだ。わたしはボニーを愛する。チームの仲間を愛する。

ほかに愛するのはひとつだけ。それはわたしの生き方をはっきりさせてくれるだろう。追跡だ。

グロックを両手で握っているうちに、いまこの瞬間に銃を手にしていることを実感した。わたしはもう被害者ではない。この銃になったのだ。

どんなことがあろうと、死がわたしたちを分かつまで。

24

わたしは車をおりる前にボニーを見た。「だいじょうぶ？」

彼女は大人びた目で見つめかえす。うなずく。

「よかった」わたしはボニーの頭をなでて髪をくしゃくしゃにする。「エレイナとはとっても仲よくしてるの。アランの奥さんよ。アランはおぼえてる？　飛行機で会ったでしょ？」

うなずく。

「あなたはエレイナが大好きになるはずよ。でも、ここにいるのがいやになったら、遠慮しないでそういって。べつの方法を考えるから」

ボニーはこちらに首をかたむける。わたしのいったことがほんとうかどうか考えているようだ。少しすると、にっこりしてうなずく。わたしは大きな笑みを返す。「これで決まりね」

バックミラーに目をやる。家の前にはキーナンとシャンツの車がとまっている。ふたりはわたしがボニーをエレイナにあずけることも、自分たちが持ち場につくことも了解している。おかげで、わたしはほぼ――完全ではないけれど――安心してボニーをおいていける。

「行くわよ、ボニー」

わたしたちは車をおりると、家の前に行って玄関のベルを鳴らす。ややあって、アランがドアを開ける。飛行機で見たときよりはましだが、やはり疲れた顔をしている。「やあ、スモーキー。やあ、ボニー」

ボニーが顔をあげ、アランの目をまともにのぞきこんで彼を値踏みする。アランが心やさしい巨人よろしく厳しい視線にじっと耐えているうちに、ボニーがようやくほほえみかけった。親指を立ててゴーサインを出したという意味だ。

アランも笑みを返す。「さあ、入ってくれ。エレイナはキッチンにいる」

入っていくと、角のむこうからエレイナが首をつきだす。わたしの姿を見るなり目が輝きだしたのがわかり、胸が締めつけられる。これがエレイナなのだ。やさしさで光り輝いている。

「スモーキー！」声をあげ、駆けよってくる。わたしはなすがままに抱きしめられ、彼女を抱きかえす。

エレイナがわたしの肩をつかんだまま腕を伸ばしてうしろへさがると、たがいに見つめあった。エレイナはわたしほど小柄ではないものの、百五十七センチの身長では、アランのとなりに立つと子どものように見える。彼女は信じられないくらい美しい。キャリーとはちがって、目のさめるような美人ではない。美貌と純粋な人柄が組みあわさった美しさといったほうがいい。そこにいるだけで懐《ふところ》の深さとやさしさを感じさせる女性で、だれもがそばにいたくなる。あるとき、アランがそれを短くまとめてこんなふうにいった――「彼女は母さんなんだ」

「久しぶり、エレイナ」わたしはにこにこしていう。「調子はどう?」

彼女の瞳の奥に苦痛の色があらわれ、すぐに消える。エレイナはわたしの頬にキスをする。「だいぶよくなってきたのよ、スモーキー。会いたかったわ」

「わたしもよ。あなたたちに会いたかった」

エレイナはなにかいいたげにわたしを見てからうなずく。「よくなってきたわ」と、彼女はいう。どういう意味なのか、わたしにはわかる。エレイナはむきなおってボニーを見ると、腰をかがめてむかいあう。「あなたがボニーね」

ボニーがエレイナを見たとたん、時間がとまる。エレイナはじっとしたまま、無言の愛情を無意識のうちに発している。大自然の力、エレイナのような人だけがもつ力だ。苦悩が人の心のまわりに築く防壁を取りこわす力。ボニーが凍りつく。体が震え、なにかわからないものが彼女の顔をよぎっていく。はじめのうちはその正体がわからなかったが、わかった瞬《しゅん》間、痛みがわたしの体を稲妻のように駆けぬけた。深くて暗く、魂のこもった、苦しみと思慕《ぼ》の情。エレイナの愛情は強烈なのた。ストレートでまじりけがない。逆らえない力をもっていて、断固としている。そんな愛情が、陽射しでできたナイフのようにボニーの胸をつきさし、彼女の苦悩をえぐりだしたのだろう。一瞬にして。あっさりと。見ているうちに、ボニーは心の闘いに敗れる。意に反して顔がくしゃくしゃになり、涙が静かに頬を濡らしはじめた。

エレイナが腕をひろげると、ボニーは彼女の胸に飛びこんでいく。エレイナは彼女を抱きあげて自分の胸に押しつけ、髪をなでながら、わたしのよくおぼえている慰めのことばをスペイン語まじりの英語でささやく。

わたしは驚いて口がきけなくなった。胸がいっぱいになって、熱いものがこみあげてくる。けんめいに涙をこらえる。横目でアランを見ると、彼も必死にこらえている。理由はふたりとも同じだ。ボニーの苦痛だけではない。エレイナのやさしさと、彼女の腕につつまれていればどんなにつらくても安心できる、とボニーが瞬時に悟ったことだ。

エレイナはそういう人なのだ。母さんなのだ。

そのひとときは永遠につづきそうな感じがする。

ボニーが両手で涙をふきながら体を引き離した。

「少しは楽になった？」と、エレイナが訊く。

ボニーは彼女の顔を見ると、返事をするかわりに疲れた笑みを浮かべてみせる。疲れているのは笑みだけではない。心の一部が涙とともに流れだし、そのせいで疲れきってしまったのだろう。

エレイナが片手でボニーの頬をなでる。「あらあら、眠いんでしょ?」

ボニーはまばたきをしてうなずいた。立ったまま眠りそうになっている。エレイナはなにもいわずにボニーを抱きあげる。ボニーは彼女の肩に頭をもたせかけ、つぎの瞬間にはすやすやと眠っていた。

魔法みたいだった。ボニーはエレイナに苦悩を吸いだしてもらい、眠れるようになった。あの晩、エレイナが病院に来てくれたあとは、わたしもよく眠れた。やすらかに眠れたのは数日ぶりだった。

エレイナに抱かれ安心しきって眠るボニーを見ているうちに、虚をつかれてうろたえる。身勝手な自分にうんざりしながらも、不安をおぼえずにはいられない。ボニーがエレイナにすっかりなついてしまい、彼女まで失うはめになったら? その可能性もなくはない。そう考えただけで、わたしは母親として恐怖を感じる。

エレイナが目をぐっと細めてわたしを見つめ、にっこりする。「わたしはどこにも行かないわよ、スモーキー」いつもながら、人の心を読むのがうまい。わたしは自分を恥じる。しかし、エレイナはふたたびにっこりして、わたしの恥ずかしさを吹きとばしてくれる。「こっちは問題なさそうよ。あなたたちは仕事に行って」

「ありがとう」わたしは声をつまらせていう。

「感謝する気があるなら、今夜ディナーを食べにきて、スモーキー」エレイナは近づいてきてわたしの顔にふれる。傷のある側に。「よくなってきたわね」彼女はそういってから、きっぱりとした口調でつづける。「まちがいなくよくなってる」

エレイナはアランに軽くキスをすると、力強い愛情とやさしさを背後に残して歩み去る。彼女自身でいるだけで、彼女のふれるものがことごとく変わっていく。

アランとわたしは外へ出て、しばらく玄関のポーチにたたずむ。胸を打たれ、放心状態におちいり、そわそわしている。

アランがことばではなく、動きで沈黙を破った。キャッチャーミットみたいな両手を不意にあげ、気持ちを抑えきれずに顔をおおう。彼の涙はボニーと同じく静かで、それを見るのも同じくつらい。心やさしい巨人が首を振る。不安になって涙を流しているにちがいない。わたしにはよくわかる。エレイナと結婚しているというのは、太陽と結婚しているようなものだ。アランがなによりも恐れているのは、彼女を失うこと。永遠に暗闇に閉じこめられてしまうこと。それでも人生はつづくのよ、とかなんとかいってあげることはできる。

でも、そんなくだらないことはいわない。

なにもいわずにアランの肩に手をかけ、好きなだけ泣かせる。わたしはエレイナではない。けれども、アランが妻の身を案じて胸を痛める自分の姿を彼女に見せようとしないのはわかっている。わたしはできるだけのことをする。じゅうぶんではないけれど、なにもしないよりずっとましだし、それは経験から知っている。

やってきたときと同じように、嵐はあっというまにすぎていく。

アランの目はもう乾いているが、さほど意外ではない。それがわたしたちなのだ。そう思って悲しくなる。

風に逆らって折れるよりは、柳のようにしなったほうがいい。正気を失ってしまいたいときもあるが、わたしたちは柔軟にできているのだ。

25

全員がよれよれになっていた。あわてて身支度をととのえてきたような格好をしている。髪に櫛《くし》を入れてはいるが、きちんととかしてきたわけではない。髭《ひげ》にしても、きれいに剃《そ》ってきたとはいいがたい。全員といっても、もちろんキャリーはべつだ。彼女だけは美しく、非の打ちどころがない。

「ボニーはどう?」と、彼女がたずねる。

わたしは肩をすくめる。「なんともいえないわね。いまのところはだいじょうぶそうだけど……」もう一度肩をすくめる。

それについてはだれも意見をいわない。元気になるかもしれない……いつまでたってもよくならないかもしれない……どんなことをいっても、いんちきくさい。

ピンポーンという音があたりに鳴りひびく。

「なんなの？」わたしはびっくりして訊く。

「メールがきたのよ、ハニー。三十分ごとに自動受信するように設定してあって、メールがとどくと知らせてくれるの」

わたしはわけがわからずにキャリーを見る。「ほんとに？」理解できない。みんなの顔に寛容な表情が浮かんでいる。どうやら、わたしは自分が時代に取り残されていることをみずから暴露しているらしい。

キャリーが自分のデスクに近づいてノートパソコンのキーを軽くたたく。眉をひそめ、顔をあげてわたしを見る。「気持ち悪いメールが来てる」

たったひとつの電気ショックで、部屋を包みこんでいた無気力感が消散する。全員がキャリーのデスクのまわりに集まる。メーラーの受信トレイが表示されており、いちばん上に最新のメッセージが見える。件名は『地獄からのメッセージ』、送信元は『例の人物』。キャリーがダブルクリックしてメッセージを開き、スクリーンいっぱいに表示する。

〝ゾーン捜査官、ごきげんよう！　バレット捜査官も――このメッセージをいっしょに読んでいることだろう。

きっと古巣にもどって、いまごろは追跡の対策を練っているにちがいない。これからの日々を考えると、正直いって楽しくてたまらない。追跡がはじまった。わたしとしては、きみたちにまさる敵は望めない。

ソーン捜査官、じつをいうと、このメールはきみに伝えたいことがあって送ったものなんだが、その前に本筋を離れなければならないんだ。失礼をお許し願いたい。

きみたちは考えたはずだ――やつはなぜここまで直接的に挑みかかってくるのか？ ことによると、きみたちはもうプロファイラーのチームを編成し、わたしの動機を分析したり、行動の真意を探りだそうとしたりしているかもしれない〟

「あんたがそう願ってるんでしょ」と、キャリーがつぶやく。

根拠のない意見ではない。〝彼ら〟はこのメールで重要な手がかりを、動機の一部を明かそうとしている。わたしたちが時間と金をつぎこんで犯人を特定しようとしているようすを思い描いて、彼らは自己顕示欲を満足させている。それも興奮剤のひとつなのだ。

〝ところが答えは、複雑ではない。わたしが複雑な人間ではないのと同じように。動機はけっして不可解なものではないんだよ、ソーン捜査官と仲間たち。濁《にご》った水たまりの底に沈んでいるわけじゃない。メスのようにすっきりして、冷たい光を放っている。殺菌され、輝いている。

きみたちに挑むのは、わたしにふさわしい相手だからだ。きみたちはハンターたちを追跡し、長年にわたって功績を称えあってきたにちがいない。その筋のスペシャリストとなって祝福しあい、獲物を殺すハンターたちをとらえ、彼らにふさわしい場所――檻《おり》に閉じこめてきた。

だからこそ、わたしはきみたちにとってふさわしい相手なのだ。きみたちが追跡してきたハンターたちが影だとしたら、わたしは闇そのものだからだ。彼らをジャッカルにたとえるなら、わたしはライオンだ。きみたちはスペシャリストを自負しているんだろ？　だったら、わたしを追跡するといい。追跡してくれ。

バレット捜査官、わたしは自分にとって不足のない相手を求めているんだ。わたしの手紙をじっくり読みたまえ。わたしのにおいを嗅げ。死のにおいを嗅ぎつけよ。これからはそういったことが必要になるだろう。

包囲されている状態を想定し、それに耐えられる力を身につけろ。どういう意味なのか、いまはまだわからないだろうが、いずれわかるようになる。忍耐力を学び、身につけろ。そして、わたしを追跡するさいの動因として使うがいい。きみがわたしを追跡せず、自由に切り裂いてまわれるようにしておくかぎり、きみは包囲された人生を送ることになるからだ〟

その部分を読んで、不本意ながら戦慄をおぼえる。

〝さて、それではゾーン捜査官に話をもどそう。これは個人的な話ということにさせてくれ。いいだろう？　わたしがまっこうから立ちむかおうとしている相手はバレット捜査官だが、彼女に挑戦状をたたきつければ、きみたち全員に挑みかかることになるのは承知している。それに、わたしの送った荷物が仕事熱心なきみたちの手もとにとどくまで、まだ二日ある。どうせなら、その時間を有効に使おうじゃないか。

バレット捜査官は親友を失った。きみたちひとりひとりにも、同じように大切にしているものがあるはずだ。この時間を使って全員がそれを失うようにしてみよう〟

最後の一文を読むなり、頭のなかで非常ベルが鳴りだす。犯人を追跡していると、相手のことがわかってくるものだが、この犯人たちのことはよくわからない。把握しきれずにいる。それでも最後の一文を読んでぞっとしたのは、ひとつだけたしかなことがわかったからだ――彼らははったりをかけない。

〝ゾーン捜査官、きみのために、あるウェブサイトのリンクを知らせておく。アクセスしてサイトをしっかり見れば、なにもかもはっきりするだろう。皮肉を楽しみたまえ。

地獄《フロム・ヘル》より

ジャック・ジュニア〟

Ｅメールの本文にハイパーリンクが記されていて、〝ここをクリック〟と書いてある。

「どうする？」と、キャリーがたずねる。

わたしはうなずく。「やってみて」

ハイパーリンクをクリックすると、ブラウザのウィンドウが開く。待っているうちに、アクセスが開始され、サイトの画像がスクリーンにひろがりはじめる。白い背景に、赤いロゴが浮かびあがる。『レッド・ローズ』と書いてあり、その下に小さめの文字で『正真正銘の赤毛素人《トゥルー・レッドヘッド・アマチュア》』というサブタイトルがあらわれる。

画像がぜんぶ表示されると、わたしはスクリーンを見て思わずまばたきする。

アランが顔をしかめる。「うそだろ……これはいったい……」

スクリーンには、二十代前半のすらりとした赤毛の美人が映しだされている。赤いＴバックしか身につけていない。セクシーな笑みを浮かべてカメラをまっすぐ見つめており、顔がはっきり見える。わたしはキャリーのほうをむく。顔面蒼白。血の気が引いている。目は底知れぬ恐怖に満ちている。

「キャリー――どういうことなの？」

全員がキャリーを見ている。レッド・ローズと名のる若い女性が、妹といってもおかしくないほどキャリーに似ているからだ。

「キャリー」アランが懸念に満ちた口調でそういって近づこうとすると、キャリーはあとずさりしてスクリーンから離れていき、ドンと音をたてて背後の壁にぶつかる。こぶしをあげて自分の口に押しあてる。目が見開いていく。全身が震えている。アランが手を差しだす。

つぎの瞬間、キャリーが爆発する。よく晴れた日にいきなり襲ってくる大型ハリケーンを見る思いがする。目に浮かんでいた恐怖が消えうせ、見ているほうが縮みあがるほど激しい怒りがあらわれる。キャリーがうなり声をもらしながらレオのほうをむくと、彼がびくっとしてうしろへ飛びのく。

「彼女の住所を調べて！　いますぐ！　早く、早く、早くしてよ！」

レオはほんの一瞬キャリーを見つめただけですぐに動きだし、手近なコンピュータ端末の前にすわる。キャリーがむこうから身を乗りだす。デスクの端を力いっぱいつかんでおり、手の関節が白くなっている。彼女のまわりの空気が帯電している。パチパチと音をたてそうな感じだ。

ジェームズは彼女の怒りをものともしない。「キャリー」と、落ちついた声でいう。「あの女性はだれなんだ？」

キャリーが彼のほうをむく。稲妻が走っているような目をしている。

「娘よ」

そのあと叫び声をあげてデスクをひっくりかえす。デスクが倒れ、ノートパソコンが飛んでいく。

わたしたちは唖然として口をぽかんと開けたままつったっていた。破壊行為にショックをうけているのではない。思いがけない告白に愕然としているのだ。

「殺してやる。殺してやる。あいつを殺してやる！」キャリーはくるりとまわってこちらをむく。「スモーキー、聞いてるの？」苦悩をにじませてわめきちらす。

半年前の自分の姿が目に浮かぶ。キャリーに銃口をむけ、弾の入っていない銃の引き金を引いている。もちろん、ちゃんと聞いている。

「住所をつきとめて、レオ」わたしはキャリーから目を離さずにいう。「急いで」


（下巻につづく）

傷痕《きずあと》 上

著者　コーディ・マクファディン

訳者　長島水際《ながしまみぎわ》

2006年11月20日　初版第1刷発行
2006年12月1日　第2刷発行

発行人　鈴木徹也

発行元　株式会社ヴィレッジブックス
〒102-0074 東京都千代田区九段南2-1-30
電話 03-3221-3131(代表) 03-3221-3134(編集内容に関するお問い合わせ)
http://www.villagebooks.co.jp

発売元　株式会社ソニー・マガジンズ
〒102-8679 東京都千代田区五番町5-1
電話 03-3234-5811 (販売に関するお問い合わせ)
03-3234-7375 (乱丁、落丁本に関するお問い合わせ)

印刷所　中央精版印刷株式会社

ブックデザイン　鈴木成一デザイン室

 ISBN4-7897-3008-5 Printed in Japan